꽃의 일생

일송북 詩선집

꽃의 일생

양성우 시집

일송북

차례

꽃의 일생

우연히 내게 온 시

나도 모르게 내 입에서 흘러나오는 구슬픈 가락들이 벼랑 끝
어두운 길에서 차마 못 다 부른 내 마음의 절절한 노래이고
잠 안 오는 밤, 그칠 줄 모르고 울컥울컥 치미는 설움들이
내 몸 안에 넝쿨져 켜켜이 쌓인 상처이듯이
어느 날 우연히 내게 온 시,
내 손이 아닌 안 보이는 어떤 손이 쓴 것같이 저절로 쓰인
글발이
비록 애매하여 서푼짜리도 안 되는 것일지라도
절대로 지우고 싶지 않은 나 혼자만의 살갑고 울림 깊은
한 편의 시인 것을……
나도 모르게 연달아서 터져 나오는 탄식이
내 거친 삶의 바닷속 난파선의 돛대 끝에서 애타게 부르짖는
외침이듯이
시여 눈물이여 넋이여

나의 집은 어디인가

그 흐린 강물 붉은 흙산을 저 멀리 두고 뒤도 안 돌아보고
떠나올 때는
그곳이 이렇게 가슴 죄는 그리움이 될 줄을 나는 몰랐네
뙤약볕 쏟아지는 녹두콩 메밀밭 뙈기를 시들게 두고
재를 넘어 허겁지겁 떠나올 때는
그곳이 이렇게도 절절한 그리움이 될 줄을 나는 몰랐네
사립 밖 앞샘물은 이미 그치고 작은 바람결에도 길게 울던
댓잎파리 누렇게 마른 뒷마당
다 삭아 기우는 빈집을 무엇에 쓰리
다시는 돌아가지 않으리라 다짐하면서
옷자락을 여며 묶고 떠나온 그곳이
참을 수 없는 그리움이 될 줄을 나는 몰랐네
나의 집은 어디인가
거북등같이 갈라진 논다랑이 보릿가루 쑥죽마저 배불리 못
먹는
이웃들을 두고
서둘러서 모질게 떠나올 때는
그곳이 한평생 지울 수 없는 그리움이 될 줄을 나는 몰랐네

키이우,
홍매화 첫 꽃을 너에게 보낸다

홍매화 첫 꽃을 너에게 보낸다

이른 아침에 소리도 없이 갑자기 터진 진분홍 꽃 한 송이를

너에게 보낸다 마음으로 간절히

여기저기 파이고 허물어지고 잿더미 쌓인 곳

아무도 오가지 않고 맨몸으로 떠나고 깊이 숨은 곳

새 한 마리 날지 않는 그 검은 하늘에 꽃을 보낸다

불타는 집을 뒤에 두고 갈 곳도 없이

우는 아이들 업고 걸리고 어디론가 쫓겨 가는 길 위에

매화꽃 이파리에 내리는 보드라운 햇살 한 줌도 함께 보낸다

아직도 살얼음 끼고 그을린 벗은 나무들만 망연자실

서 있는 그곳

진흙에 누운 주검들 위에 그들의 꺾인 꿈 위에 피 절은 머리카

락 위에

홍매화 첫 꽃을 보낸다

담장 밑 푸른 이끼와 이름 모를 작은 풀잎들과 샛노란 산수유

꽃망울들까지 너에게 보낸다 짓궂은 꽃샘바람 몇 가닥도

덤으로 묶어서……

일어나라 너 눈물겨운 키이우

초봄 햇살 눈부신 날에

아직도 잠이 덜 깬 장미넝쿨 물앵두 구지뽕 산벚나무 앙상한
가지 위에
적막한 산비탈 메마른 황토밭에 자그만 마을의 지붕들 위에
낮은 돌담 한 모퉁이에 나란히 앉아서 졸고 있는 등 굽은
노인들의 하얗게 센 머리 위에
그가 오는 기척에 놀라 나도 모르게 저만치 홀로 비켜 서 있는
내 어깨 위에
보드랍고 눈부신 햇살로 내리는
그의 숨결
얼음 풀린 잔잔한 강물 위에 부지런히 어디에선가 날아오는
새들의 날개 위에
내 가슴에 차오르는 회한과 그리움 위에 연달아 스치는
곱고 따스한 그의 손길
흙 속에 숨은 벌레들을 비롯하여 모든 목숨 있는 것과 온 들에
죽은 듯이 드러누운 싯누런 풀잎들까지 다 깨우고 살리는

응달에 눈 녹으니

응달에 남은 눈얼음이 녹아서 오늘은 손바닥만큼 줄어드니
개개비 박새 찌르레기도 돌아왔다
까막까치 멧비둘기는 더욱 힘주어서 우짖고
뽀얀 솜털의 도톰한 목련꽃망울에게 뒤질까 봐
탱글탱글한 매화 꽃망울이 부지런히 배냇짓하는 것을 보면
봄은 벌써 울안에 짐을 푼 지 한참이나 되었나 보다
아무래도 나를 비롯하여 집 한 칸 못 가진 사람들은 또다시
쫓기듯이 이삿날을 앞당겨 잡아야겠다

꽃소식

얼어붙은 앞강물은 언제 풀릴까

아직은 마당가 담장 밑에 흰 눈 더미가 수북하게 쌓여 있어도

벗은 나무 잠든 숲에 직박구리 멧새 한 마리 날아들지 않고

얄밉고 심술궂은 추운 바람이 온종일 잦아들 줄 몰라도

길고 짙은 산그늘에 집마다 일찍이 문은 닫히고

아무 발걸음 소리도 들리지 않아도

청승맞은 그믐달과 안쓰러운 잔별들의 밤이 지나간 뒤에도

어느 구름의 터진 틈으로 쏟아져 내리는

따사로운 햇살 한 줌이 없어도

천 리 밖의 꽃소식에 내 가슴이 설레다니

오래전 남의 손에 먼 길로 떠나간 이들이 살아서 돌아온다는

말을 들은 것같이

숨은 길

아무도 없이 나 혼자 걸어가는 숨어 있는 길
늪이 있고 헝클어진 갈대숲 너머 벼랑 밑 그늘 깊은 곳
가시나무 우거지고 길고 마른 풀잎 줄기들이 수북이
누운 길
어쩌면 나는 살아생전에 아무것도 아닌 것만을 찾아서
이렇게 줄곧 거친 길을 헤매고 있다니
시간도 때로는 힘겨운 듯이 잠깐씩 길모퉁이에 머물기도
하는가
줄지은 모래언덕 진흙밭을 지나서 죽은 나무 등걸들이
나뒹구는 골짜기
으슥하고 외진 길을 나는 간다
이럴 때는 차라리 나 스스로 길을 잃을까,
짙은 어둠의 한가운데 서 있는 것같이
산자락은 검게 타고 집은 허물어지고 개울물은 얼어붙고
새 한 마리 날지 않는 곳
회오리 찬바람 속에 나 혼자 걸어가는 길 뒤의 길
막막한 길

중천포

저 강물이 빈 들을 가로질러 곧바로 흐를 줄을 몰라서
검은 벼랑 밑을 에돌아 스치고 산 그림자를 일일이 적시며
몇 굽이로 그윽하게 흐른다더냐
해가 머리 위에 머무니 강 건너 금광에서 오포가 울고
쌀장수들 서넛이 짐을 부려 놓고 뱃사공을 기다리는 나룻가
가벼운 바람결에도 은빛의 물결이 일고
갈댓잎들이 무심코 서걱대니
어디선가 치마를 뒤집어쓰고 물속에 몸을 던진 아낙의
울음소리가 가늘게 들리는 것만 같구나
새들은 끼룩이며 줄을 지어 날아오는데
세상을 바꾸려고
잠든 배 풀어서 돛 올리고 강을 거슬러 올라간 아비들은
소식도 없고……

저 먼 산봉우리들이 희부연 들안개에 숨을 줄을 몰라서
은은하고 아련한 쪽빛으로 온종일 우두커니 서 있다더냐

곤줄박이에게

네가 깃 치는 소리도 없이 아득히 허공 중에 오래 떠 있는 새
가
아니라면
높고 험한 낭떠러지 끝에 둥지를 틀지 마라
특히 네가 밤이 되면 온 숲을 휘젓는 밤부엉이가 아니라면
어둠 깊은 길에 혼자서는 나서지 마라
그곳이 사막이라면 끝도 없이 이어지는 두꺼운 얼음벌판이
라면
아무리 우연히 만났을지라도 뜻이 맞는 새들이라면 어울려
서
함께 날고 우짖어라
날다가 지치고 넘어져도 서로 붙들어 주며 살아남아야지
몸을 붙이고 무리지어 서서 눈앞도 안 보이는 눈보라를 견
디는
펭귄들처럼
한 치 앞을 모르고 사는 것이 삶이고,
모질고 교만한 자에게는 내일은 없다고 했다
가파른 산비탈 마른 나무 숲에서도 혼자서는 날지 마라
그곳에 바람아 차고 진눈깨비 내리면 더욱이

네가 홀로 큰 바다를 쉬지 않고 날아서 건너는 새가 아니라
면

어떤 비문

서울 변두리의 어느 마을에 시인 한 사람이 살았다
젊어서부터 한결같이 부자가 되기를 원하지 않았고
권세 잡기를 원하지도 않았으며 이름 석 자 알리기를 원하
지도
않았던 사람
그래도 어둠 앞에 맞설 때는 뒷줄에서 우물쭈물하지 않았고
허공에 매달리고 밟히면서도 비명 한 번 지르지 않았던,
불길에 그을리고 얼룩진 깃발을 접어 가슴에 품고 상처투
성이로
돌아와서도 그 아픔을 조금도 내색하지 않았던 그
아무리 고단하고 궁핍해도 남에게 손 내밀지 않았고
책벌레로 살면서도 아는 것을 함부로 드러내지 않았으며
굳이 나서서 가르치려고도 하지 않았던 사람
혹시라도 술에 취해 횡설수설 붓장난하지 않았고
음풍농월이 아니라 사람 사는 이야기를 읊듯이 읊조리던
고지식한 사람
그는 오랫동안 풀숲에 깊이 몸을 숨기고 죽은 자로 행세하
며
살다가 갔다
그의 이름은 새기지 않는다

성사동 흰 눈

천천히 아주 천천히 굵어지다가 작아지다가
뒤엉키며
저마다 제 모양으로 몸짓을 하며
새떼처럼 셀 수도 없이
앞산 언덕 마른 숲 빈 밭에 지붕 낮은 마을에
성벽 같은 아파트단지에
옹기종기 모여서 눈을 뭉치고 미끄럼을 타는 아이들 위에
하염없이 내려앉는 포슬눈
길게 뻗은 녹슨 철길 텅 빈 폐역의 침목더미에
금세 수북이 쌓이고
드문드문 자동차들이 지나가고
이어서 잠시 동안 눈발이 뜸해진 사이
칙칙한 구름 뒤에 숨었던 해가 나타났다가 사라지고
멧비둘기 몇 마리가 쏜살같이 날아가고
또다시 흰 눈송이가 허공에 가득히 흩날리고
모두들 천천히 아주 천천히 깃털같이
꿈을 잃고 멀리 떠나간 사람들이 무리지어
돌아오는 것처럼

해질녘 빈산

그 누가 감쪽같이 초록을 다 지웠는가
새 한 마리도 날지 않는 빈산의 깊고 짙은 침묵이 나를
압도하는구나
벗은 나무들 사이로 지나가는 바람이 차니 해는 일찍 지고
노을 뒤에 별 하나를 데리고 붉은 초승달이 뜨겠다
천신만고 끝에 문득 눈감은 이들을 배웅하듯이
내가 서둘러 산 아래 닿기도 전에 어디에선가 갈까마귀
한 무리가 나타나서 온 산을 휘저을까 두렵다

다시 그리움에게

내 슬픔이 변하여 그리움이 되었나

네가 그리움이라는 이름으로 내 가슴에 가득히 차오를 때는

나는 그리움의 시를 단 한 줄도 쓰지 못했다

어느 거친 바람 끝에 내 오랜 살붙이들이 다 쓰러지고

여기저기 가랑잎더미처럼 누워 있을 때

단 한 마디도 내 입으로 말을 할 수 없었던 것처럼

내 모든 꿈은 무너지고 돌아갈 길이 막혔어도

몸부림치며 울기보다는 웬일인지 오히려 담담해지는 것처럼

네가 갑자기 그리움이라는 이름으로 내 가슴에 가득히 차오를 때는

나는 단 한 곡조도 그리움의 노래를 부르지 못했다

마치 아무 생각이 안 나고 눈앞이 캄캄해지는 것처럼

모래 위에 하얗게 부서지는 앞 물결을 따라서 연달아 밀려오는

큰 물결들처럼 산 같은 그리움이 밀려 올 때면 더욱이

갈참나무 마른 잎을 밟으면서

여기 갈참나무 가을 숲속에서는 아무래도 나는 내가 아니다

나는 바람이다 외롭고 침울한 산비탈에 우수수

갈참나무 잎을 날리는 찬바람이다

나는 한낮의 날카로운 햇살 뒤에 움츠리는 흙산 그늘이요

그 발끝에 싯누렇게 드러누운 강아지풀이다

언제나 나는 모래알이요 먼지요 검불이며

까마득히 조각하늘을 가로질러 날아가는 작은 새다

나는 보이는 듯 보이지 않는 헛것이다

저무는 해를 등지고 늘어선 갈참나무의 길고 앙상한 그림
자요

쓸쓸한 산비탈을 가득히 덮은 마른 잎들 속에 묻힌

한 잎의 갈참나무 마른 잎이다

나를 찾지 마라

여기 갈참나무 숲길에서 수북이 쌓인 갈참나무 마른 잎을

밟으며 가는 나는 내가 아니다

나는 마른 잎을 날리면서 산등성이로 줄달음치는 찬바람이
다

여울물 가장자리가 어는 날

세상의 모든 아픔이 내 가슴속을 휘저으며 지나가고
내 노래가 눈물에 젖어 마디마디 끊어지고 잦아드는 것처럼
언젠가 소리도 없이 밀물이 들어와서는 모래 위의
내 발자국들을 휩쓸고 지우는 것처럼
땅 위에서는 그 무엇이거나 한곳에 잠깐 모였다가 흩어지고
또다시 모였다가 흩어지는 것처럼
아주 짧고 헛된 인생, 단 한 번 왔다가 떠난 뒤에는
다시는 못 돌아오는 먼 길을 가는 사람들처럼
어딘가 허전하고 외로운 나무들 사이로 지나가는 여울물
가장자리가 어는 날, 마른 잎새들이 깃털같이 흩날리는구나
내 작고 여린 꿈들이 그 어느 곳에도 오래 머물지 않고
산산이 무너져 내리는 것처럼

상강霜降을 지나며

오늘따라 숲속이 스산하고 어수선하다
어떤 나무는 벌써 잎을 떨어뜨리고
어떤 나무는 잎들을 샛노랗게 물들이는 중이다
아직도 한 가닥 바람결에도 놀라서 몸 사리는
저 무수한 넓고 작은 잎사귀들,
어차피 떨어져서 바스러지는 운명이라면
먼저 지고 나중에 지는 것이 무슨 상관인가
땅 위의 그 무엇에게나 영생은 없으니,
모든 가랑잎이 흙이 되고 물이 되고
물이 다시 변하여 새잎이 되는 것……
오늘따라 산새들도 유난히 소란하고 부산하다
노래가 끝나고 막이 내린 뒤에도
차마 무대 앞을 못 떠나는 사람들처럼

간밤에 몰래 진 잎

간밤에 몰래 진 잎

너무나도 외롭고도 서러워서 아무도 모르게 죽는 이들같이

달도 없는 깊은 밤에 얼마나 몸 떨리고 무서웠을까

온 숲에 쌓인 그 적막 속에서 귀뚜라미는 잎 지는 기척에

놀라서 울었겠지

저 슬픈 잎들은 무슨 한이 그리도 많아 밤에 몰래 지는가

가슴에 불이 타서 누렇게 바래지고 스스로 떨어져서

이슬 젖어 누운 가랑잎

무엇에게나 처음이 있고 끝이 있다지만,

애잔하고 허망함이 그지없구나

언제였던가 훌쩍 멀리 떠나간 사람,

돌아오지 않을 줄을 잘 알면서도 오직 기다림에 지쳐서 죽는

이들같이

다 잠든 간밤의 어둠 속에서 저 혼자서 파르르 몰래 진 잎

그들만의 시간

처음부터 그들은 산 위에 있고 나는 산 아래 있다
그들은 벌써 들을 지나 강을 건넜고 나는 수렁에 빠지고
덫에 걸렸다
그들이 술 마시고 풍월을 즐길 때
나는 어두운 방 찬마루에 앉아 눈물을 삼키고
그들이 발 구르며 춤을 출 때 나는 머리끝도 안 보이게
수풀에 숨었다
그들은 무대 위에 올라가 박수갈채를 받고
나는 아직도 다리를 절며 사막을 헤매는 중이다
때때로 짐승 우는 소리 들리고 가시나무 넝쿨이 무성한 곳
에서는
세상의 모든 시간은 그들의 것
그들은 언제나 사는 것같이 살고 나는 날마다
나도 모르게 죽는다
맨 처음 그대로 그들은 산 위에 있고 나는 산 아래 있다
운명인 것처럼

벼랑 끝에 꽃 피우기

사람으로 산다는 것이 다만 먹이를 얻으려고 수풀을 헤매며
아이들을 낳고 기르는 것만은 아니리
사금파리처럼 부서진 꿈의 조각들 앞에서 눈물을 흘려본
사람은 알지
무엇이 사람을 벼랑 끝으로 몰고 거친 물속으로 밀어 넣는
가를
뙤약볕 아래 메마른 밭을 갈고 청정한 씨앗을 뿌림은
누구에게나 빛으로 오는 내일이 있기 때문이라
그 가슴속 깊은 곳에 상처 없는 사람이 어디 있느냐
화산의 불길이 지나가면서 땅속에 동굴을 만들 듯이
우연히 쌓인 천신만고가 아래위로 겹겹이 구멍을 뚫었구나
그렇지만 조금도 두려워하지 마라!
하루에도 낮과 밤이 있는 것같이, 살다 보면 기쁠 때도 있고
슬플 때도 있느니
지금 당장 이 순간에 숨을 끊고 죽지만 않는다면
당당히 사람으로 살아갈 날들이 살아온 날들보다 더욱 많
으리
굽이치며 흐르는 강물을 거슬러서 올라가고 벼랑 끝에 꽃
을 피우면서

귀뚜라미 울 때까지

오늘따라 유난히도 눈 시리게 짙푸른 저 하늘에 몸을 던져
스며들고 싶다
내가 비록 우연히 여기에 왔다고 해도 거듭한 기적이
아니라면 한순간도 머물지 못함을 아는 것같이,
놀라움 속에서 서늘한 바람이 불고 성급한 나뭇잎들이
한두 잎씩 먼저 지고 오래전에 잊힌 것들이 그리움처럼
눈앞에 떠오르면서 가을은 오는가
시절을 넘어서 내가 변함없이 늪 속을 헤매고 벼랑 끝을 걸
을지라도
사람으로 산다는 것이 대개 그런 것이라면 새삼 이제 와서
그 무엇을 탓할까
가슴 안에 상처와 눈물이 가득하고 쓸쓸한 나일지라도
붉고 고운 꿈 한 자락도 없다면 어느 하루인들 마음이
편할 수가 있으리
비록 내가 때를 잘못 만나 수풀에 숨어 살면서도
또다시 기적처럼 오는 날만 하염없이 기다리기보다는,
차라리 멀고 높고 그윽한 저 푸르른 하늘에
머리끝도 안 보이게 잠기고 싶다
땅거미 내리고 별이 뜨고 고요가 오고 귀뚜라미 울 때까지

나의 입맞춤

내가 세상에서 절대로 혼자가 아니라는 것을 알게 해 주는
들과 숲의 말 못하는 여러 형제에게 입을 맞춘다
모든 살아 있는 것의 잠을 깨우는 아침 햇살에게
개똥지빠귀에게 딱따구리에게 산비둘기에게
검푸르게 어우러지는 나뭇잎들에게 귀여운 풀꽃들에게
가만가만 속삭이며 흐르는 여울물에게
북으로 돌아가는 청둥오리들에게
낮은 흙산 모퉁이를 굽이도는 강물과 서걱대는 갈대밭에게
쉬지 않고 그물을 던지는 고기잡이배들에게
쪽빛의 멀고 높은 산봉우리들에게 저녁놀에게
밤하늘에 반짝이는 작은 별들과 은하수 북두칠성에게
달도 없는 칙칙한 어둠과 밤부엉이 소리에게
한 시절의 깊은 슬픔을 안고 떠나간 이들에 대한 지울 수
없는 그리움에게 입을 맞춘다
두 팔로 껴안으면서 마음속으로 애잔하고 절절하게

당신의 불가사의

무척이나 조화롭고 오묘하고 신비하게도

태양에서 멀지도 않고 가깝지도 않아서 이 지구 위에 수많
은

목숨이 생겨나서 살아가고 있듯이

밤하늘의 별들이 수백수천 광년씩이나 떨어진 곳 그 너머에

머물고 있어서

수백수천 년 전의 별빛이 지금의 내 눈에 들어와 박히듯이

달 속에 그 무엇도 살고 있지 않다는 것을 모르지는 않지만,

그래도 달의 긴 팔이 때맞춰서 여인들의 몸을 일일이 조이
고

바닷물을 들고나게 하는 것을 보면서 그 힘을 믿지 않을 수
없듯이

본래는 아무것도 아니지만, 온 허공에 가득히 고여 있다가
는

빛이 오면 순식간에 숨거나 일그러질 뿐인 것이 어둠이듯이

당신의 품 안에

우연하고 경이로운 것들이 모여서 사물이 되는 일로 인하여

내가 늘 놀라고 두려워함을 잘 알면서,

오직 깊은 침묵만으로 우주의 모든 시간을 만들고 지우시

는 이여

어디가 처음이고 어디가 끝인가를 가늠하려고 해도 가늠이

안 되는 당신의 불가사의,

그것이 바로 나의 손끝이 당신의 겉옷자락에도 닿지 못하는

당신과 나 사이의 아득한 거리입니까?

산도화 피는 날

너희들, 여윈 나무들의 오랜 입덧과 진통 끝에
아기 우는 소리도 없이 이 수풀에 뭇으로 피어나느냐
찬바람 속에서 나무의 살을 찢고 투명한 꽃망울로
박장대소로
세상에 오래 머무는 것은 아름답지 않다는 것을
말하려는 듯이
잠깐 동안 분홍으로 번졌다가 사라지려고
너희들, 온몸을 쥐어짜는 나무들의 신음 속에 큰 숨을
내쉬면서 태어나느냐
무한히 부드럽고 귀엽고 앙증맞게
아주 작고 여린 팔다리를 꼼지락거리며
그 무엇이나 제 뜻만으로 오고 가는 것은 아니겠지만,
그래도 이 수풀을 곱게 물들이고 별처럼 반짝이다가
초록색 이파리 위에 눈송이처럼 흩날리려고
때를 맞춰서 뭇으로 피어나느냐
사람 새 짐승이 가까이 못 오도록 오늘 하루 이 수풀에
금줄이라도 쳐 놔야겠다

연초록에 물들다

낮은 산자락의 연초록 숲길이 그윽하고 호젓하다
어린 나뭇잎들이 지금 한창 몸 놀리고 재잘대는 중이다
오리나무 잎은 오리나무 잎들끼리 갈참나무 잎은
갈참나무 잎들끼리 어울려서
그 사이를 비집고 내리꽂히는 가느다란 햇살이 유난히
눈 시리다
차라리 내 살 속, 가슴속 깊은 곳까지도 연초록으로
흠뻑 젖게 두고
아무도 없는 곳, 이 숲 그늘에 오래 잠들고 싶다
수줍어서 드문드문 숨어 피는 흰 꽃잎 아래 날다람쥐
산새들과 함께 누워서
이 비탈에 모여 사는 나무들의 시간은 어디에서 오는가
오늘이 지나면 곱다란 작은 잎들도 바람에 시달리고
검푸르게 그을릴 터이니,
지구가 태양을 에둘러 도는 일을 잠깐 멈추고
모든 내일이 하나같이 오지 않는다면 얼마나 좋을까
손금처럼 파인 붉은 흙길 말고는
여러 색깔은 감쪽같이 사라지고 연초록만 가득히 덮인
싱그러운 이 숲에서

저 연초록이 나에게 막무가내로 스며드는 것이냐

내가 못 이겨서 함초롬히 연초록에 물드는 것이냐

찰나의 봄

흰 꽃잎들이 지는구나 깃 치는 소리도 없이 내려앉는
작은 새들처럼
비가 내리고 바람이 불고 내 마음도 젖고
서글프고 애잔하게 허공을 가르며 날아온 저 꽃잎들은
아무렇게나 땅에 누워서 무슨 생각을 할까
온몸이 부스러지고 물에 녹아 사라질 때까지
살다 보면 누구에게나 기쁨의 때가 오지만,
잠깐 사이에 그것의 끝이 오는 줄을 알지 못하지
먼 산 하늘가를 물들이며 해가 기울 듯이 절정을 넘어서
누렇게 시들기 전에는
이미 아득히 지나온 길을 돌아보지 말자
더욱이 내 안에 상처로 남은 흔적들이라면 그것이
이제 와서 무슨 소용이냐
언제나 그렇듯이 모든 봄날은 끝없는 시간의 바다에서
한순간 반짝이며 일렁이다가 잦아드는 잔물결……
바람이 불고 비가 내리고 내 마음도 젖고
나뭇잎도 나기 전에 서둘러 흰 꽃잎들이 지는구나
어디인지 몰라도 갈 곳이 아주 많은 것같이 부지런히

오래전에 죽은 자를 생각하는 달*의 시

너 없이 내 가슴에 그늘이 깊고 눈물이 마르지 않았지만,

네가 머무는 곳이 어디인지는 몰라도

눈 시리고 감미로운 햇빛 한 줌을 너에게 보낸다

벌써 두텁고 어둑하게 출렁이는 초록 물결 한 움큼도

아침 풀잎에 맺히는 이슬방울, 들꽃의 향기, 작은 새소리,

부르르 손을 떨며 하얀 꽃 이파리를 밀어내는

찔레덤불 산조팝 여린 나뭇가지들의 안간힘 한 조각과

들 가운데 너울거리는 아지랑이 한 줄기,

간지러운 바람결도 한 가닥 접어서 넣는다

네가 먼저 네 길고 슬픈 그림자를 거두었다고 하여 혹시라도

나에게 미안해하지 마라

희미한 자취도 없이 오래전에 멀리 떠나고 다시는

산 몸으로 돌아오지 못하는 너를 생각하는 달에,

그곳이 어디인지는 모르지만

나는 샘물같이 그치지 않고 솟는 그리움도 한 모금

너에게 보낸다

향불처럼 타오르는 내 가슴의 한 모서리까지 조금 오려서

---

*옛 북미 인디안 아라파호족이 지어 부른 5월의 다른 이름

경칩 전후驚蟄 前後

앞산 응달에 남은 눈이 다 녹으면 저 먼 곳 강마을 옛집의
마당가 매실나무 가지에도 꽃망울이 벌어지고
난초 잎도 슬그머니 손가락만큼 돋아나겠네
자욱한 물안개가 스쳐 간 강 가운데 숭어잡이 그물질이 한
창이고
잔물결로 차오르는 밀물을 따라서 몸집 큰 돛배들이
느긋이 삐걱대며 올라오겠지
이른 하굣길에 도롱뇽 개구리를 쫓으며 해찰하는 아이들은
아직도 재를 넘지 않았을까
굽은 논길 끝나는 곳 외진 나루터,
갈 길이 바쁜 사람들은 어어이 소리쳐서 뱃사공을 부르고,
낮게 나는 물새들이 저마다 먼저 알고 대답하겠지
얼음이 풀리고 비가 내리고
앞산 응달에 남은 눈이 다 녹으면 거기 강 건너 넓은들 끝의
아득한 산자락들도 줄지어 남청색으로 물이 들겠네

환상은 걷히고

흔히들 지구가 서쪽에서 동쪽으로 돌고 있다기보다는
해가 동쪽에서 떴다가 서쪽 끝으로 지는 것처럼 알고 있듯이
밤하늘의 별들이 우주의 또 다른 해와 달이라기보다는
누구인가 반짝이는 별모래를 궁창에 가득히 뿌려둔 것으로
알고 있듯이
사람의 생각이 잘못 굳어지면 그렇지
본래는 물이요 먼지였으면서도, 어쩌다가 우연히 미미한
목숨 하나를 얻어서 나타나서는,
세상이 마치 제 것인 양 여기다니……
기다려라, 너의 오랜 연극이 끝나고 환상도 걷히고,
드디어 네가 가는 길, 깊은 골짜기 높고 험한 산봉우리들을
만나리라
멀리서는 연한 쪽빛의 곱다란 비단자락같이 보이는

백화만발로 그들이 오다

그들이 오는구나 온 산에 들녘에 물결치듯이 떠들썩하게
오랜 선한 싸움 끝에 어느 새벽 눈물의 강을 건너서 아득히
떠나간 이들
내 그리움이 가슴에 사무치고 슬픔이 잔에 넘칠 때
드디어 그들이 오는구나 앞서거니 뒤서거니 백화만발로
푸른 바다를 덮으며 곱고 눈부신 아침놀로 넘실대며 그들이
오는구나
누구에게나 저마다의 기다림에는 끝이 있다는 것을 알지만,
진정으로 믿지 못하여 갈피를 못 잡고 눈앞이 캄캄할 때
그들이 오는구나
모든 사물이 낯설고 나 홀로 눕는 시간이 너무도 긴 탓일까
드넓은 뻘흙밭을 헤매는 것같이 몸과 마음이
지치고 막막할 때
검은 구름 사이로 햇살이 쏟아지듯이 그들이 오는구나
먼 산을 넘고 강을 건너서 그들이 오는구나
매운 연기 속에 맨손으로 맞서고 이윽고 내리는 새벽 어스름에
발걸음 소리도 없이 떠나간 이들
그들이 오는구나
흐드러지게 피는 희고 붉고 노오란 꽃잎으로 함성 지르며

그해 이른 봄

그해 이른 봄에 내가 애월에 있었다면 나도 무작정
산으로 갔지
검은 돌담 너머 먼 물 끝이 붉게 물들 때 나도
무작정 산으로 갔지
산에 가서 중산간 이슬 묻은 잔풀 위에 모로 누웠지
그해 이른 봄에 내가 남원에 있었어도 나도 무작정
산으로 갔지
동백꽃송이 뚝뚝 지는 날, 뒤도 안 돌아보고 산으로 갔지
산에 가서 중산간 그 골짜기 바위틈에 숨어서
밤새도록 반짝이는 별을 세었지
그해 이른 봄에 내가 조천에 있었어도 나도
무작정 산으로 갔어
가랑비 뿌리고 앞물에 보리숭어 뛰게 두고
해가 지면 나도 산굼부리 사려니숲을 지나 산으로 갔지
산에 가서 중산간 그 비탈 억새밭을 헤매면서
죽어도 죽지 않는 꿈을 꾸었지
그해 이른 봄에 내가 살아서 그 외딴섬에 있었다면
나도 무작정 산으로 갔지
산에 가서는 지금까지 아무 곳에도 내려오지 않았지

변하지 않는 것

내 안에도 변하지 않는 것이 있다면 그것은

너에 대한 나의 무한사랑이다

사람 몸의 피처럼 아무리 추운 날에도 얼지 않고 흐르는

나뭇가지 속의 수액같이

누운 갈댓잎을 부드럽게 쓰다듬으며 내려 비치는

알따란 아침 햇살같이

벌과 나비보다는 차라리 작은 겨울새를 위하여

꿀을 만드는 동백꽃같이

넓은 들을 건너서 발 아래 굽은 강을 거느린

봉긋한 민둥산같이

점점이 흩어진 섬과 섬을 지나 먼 바다 끝을

찬란히 물들이는 노을빛같이

바람 잔 저녁 하늘에 가늘게 떠 있는 붉은 초승달같이

내 안에도 변하지 않는 것이 있다면 그것은

내가 죽는 날까지도 그치지 않는 너에 대한 무한사랑이다

너를 만나고 돌아서자마자 또다시 샘물처럼 솟는

너에 대한 애틋한 그리움이다

그가 만약 살아서 여기에 있다면

그가 만약 살아서 지금도 여기에 있다면
바람도 없는데 풀이 눕고
온갖 가벼운 것들이 지푸라기처럼 흩날리는 곳
그가 살아서 여기에 있다면
살아 있지만 이미 죽은 것들이 넘치고
거짓이 넘치고
아득히 사라진 목소리가 또다시 들려오는 곳
어둠이 빛을 이기고 더러운 것이
깨끗한 것을 덮으며
옳지 않은 것들이 옳은 것들을 누르는 이곳에
만약 그가 살아서 돌아온다면
그는 아무것도 못 본 척하고 눈을 감을까
불이 되어 온 들을 다 태우고 그 안에서
이미 흰 재가 되었을까
저 멀리 새 한 마리도 날지 않는 거친 벌판
보이지 않는 상처들이 산을 이루고
서러움이 물처럼 넘치는
사람으로 살아도 사는 것 같지도 않은 이곳에
그가 만약 죽으려고 왔다가 죽지 않고
지금도 숨을 쉬고 몸으로 살아 있다면

송호리 바닷가에서

나 차마 못 떠나겠네
비단같이 곱고 잔잔한 흰 바다, 뽀얗게 떠도는 물안개를 두
고
나 차마 이 바닷가를 못 떠나겠네
서로들 마주 보며 떠 있는 다소곳한 작은 섬들, 그 너머 저
멀리
둘러선 쪽빛의 산봉우리들을 어찌할꼬
보드라운 모래톱, 검푸른 솔밭, 긴 물결 부서지는 소리를 두
고
나 못 떠나겠네
아무도 내 몸을 붙들지 않아도, 나 차마 못 떠나겠네
별처럼 찬연하게 깨꽃이 피고 고구마넝쿨 무성한 비탈밭
반짝이는 동백잎 배롱꽃 분홍꽃잎들을 두고 나 돌아가지 않
으리
차라리 희부연 초승달 밑, 방파제 끝머리에 혼자 앉아서
내 오래된 슬픔을 내 손으로 누를까
나는 밀물에 떠밀려 오는 바다풀인지도 몰라
지푸라기 나뭇가지 부스러기인지도 몰라
여태껏 한 치 앞을 모르고 살아왔으므로

내가 어딘가로 총총히 돌아가는 길, 거기에 또다시 덫이 있고
수렁이 있다면 그 무슨 인생인가
나 여기 떠나지 않으리
고즈넉한 산자락, 붉은 흙을 두껍게 다진 앞마당을 지나
호젓한 억새풀밭 엉겅퀴 꽃대궁 아래 두 손을 모으고 종일토록
저 흰 바다를 바라보겠네

미친 꽃

어느 하루 봄꽃들이 무리지어 화들짝 피어날 때에는
그들은 모두 봄꽃들의 편이었지
앞다투어 꽃들에게 달려가서는 손뼉을 치고 몸을 비트는
그러다가 모든 꽃이 시들고 찬 서리 내릴 무렵에
어쩌다가 볕 좋은 날 봄인 줄 잘못 알고 깜짝 놀라서
한두 송이 꽃잎이 피어날 적이면
그들은 고개를 돌리며 미친 꽃이라고 비아냥댔지
그들에게는 아무 꽃이라도 많이 피면 좋은 거지
뭇으로 어우러져서 피기만 하면 좋은 거지
꽃철인 줄 잘못 알고 깜짝 놀라서 피는 철모르는 꽃은
꽃이 아니라는 거지
봄꽃들이 무리지어 흐드러지게 피어날 때에만 그들은
꽃의 편이었지
그 꽃이 참꽃이건 개꽃이건 상관하지 않고
그렇지만 얼음 얼고 눈 올 무렵에 어쩌다가 볕이 좋은 날
봄인 줄 잘못 알고 깜짝 놀라서 한두 송이 피는 꽃은
꽃이 아니라 미친 꽃이라고 손가락질했지
아무도 그 꽃이 무슨 꽃인지도 모르면서
세상의 그들이 좋아하는 것은 꽃일까 아니라면 그냥
화들짝 핀 꽃의 무리일까

지금의 나는

지금의 나는 본래의 내가 아니다
내가 짓는 웃음은 내 웃음이 아니고
내가 하는 말은 내 말이 아니고
내가 꾸는 꿈은 내 꿈이 아니고
내가 걷는 길은 내 길이 아니다
내가 부르는 노래도 내 노래가 아니고
내가 쓰는 시도 내 시가 아니다
내 몸도 내 몸이 아니고 내 마음도 내 마음이 아니다
내가 보는 것도 내가 보는 것이 아니요
내가 듣는 것도 내가 듣는 것이 아니다
나의 열띤 주장도 나의 주장이 아니며
내가 흔드는 깃발도 내 깃발이 아니다
거듭 말하지만 지금의 나는 내가 아니다
마치 내가 여기에 있는 것 같지만
사실 나는 여기에 없으니
여기 있는 것은 결코 내가 아니다
무엇이 내 눈앞에 장막을 치고
겉옷을 벗기고
무엇이 나를 이렇게 치명적으로 바꿔 놓았는지
모르겠지만

치알 신*에 대한 예의

저기 거친 비바람 깊은 어둠 속에서 너, 열아홉 살

어여쁜 아가씨,

못다 핀 꽃 한 송이로 지는구나

비명도 없이, 눈앞이 안 보이는 매운 연기 속에

도대체 그곳에 무슨 악한 영혼들이 모여들어서 오늘도 세상을

야만의 늪으로 몰아넣는가

요즘 같은 시절에, 오직 여린 풀잎 같은 맨몸의 인민들을

무단히 때리고 짓밟고 뭇으로 목숨마저 빼앗으면서

그렇지만 어둠이란 본래는 아무것도 아닌 것,

그것이 장막처럼 온 땅을 덮는다고 해도

빛이 오면 한순간에 흔적도 없이 사라지는 헛것일 뿐……

시퍼런 칼날, 나란히 겨누는 총구 앞에서도 두려워하지 않고

꿋꿋이 맞서온 너

너의 열정, 너의 핏방울이 이미 불이 되고 기름이 되었으니,

너의 이름으로 세차게 타오르며 밤을 새워 어둠을 사루는

불길을 아무도 누르지 못하리

그곳에 드디어 새 아침이 오고

모든 일이 다 잘될 때까지

저기 머나먼 슬픈 하늘 밑, 의롭고 선한 싸움의 한가운데에서

흉탄에 쓰러지고,

꽃잎처럼 길에 누운 미얀마의 천사!

눈물겹고 애잔한 너의 모습이 이 가슴을 찢고 저미는구나

---

* 2021년 3월 3일, 미얀마의 만달레이에서 반쿠데타 민주화 시위 도중에 군경의 총격으로 숨진 19세 소녀의 이름

저물녘 흰 눈

소리도 없이 흰 눈이 내리고 내 마음은 울적하고
새들도 그치고 흙산 비탈 외진 마을은 어스름에
묻히는가
어둠 아래서는 차라리 칼끝보다는 어디엔가 숨어서
보이지 않는 것들이 더 무섭다
드디어 나의 오랜 꿈은 허공 중에 사라지고
남은 것은 외로움의 긴 시간뿐이라니
마치 무엇을 두고 온 것처럼 자꾸만 뒤돌아보지 마라
지나온 삶의 길은 눈 위에 찍힌 발자국,
언젠가는 흔적도 없이 녹아서 지워지는……
가슴에 불을 안고 멀리 떠난 사람들은 아직도
소식이 없는데
밤은 오고 여기저기 장막처럼 고요가 깔리는구나
세상의 모든 상처와 눈물을 다 덮을 듯이
그래도 나는 눈밭에 꼿꼿이 선 벗은 나무들과 같이
잎이 진 자리에서 움이 튼다는 것을 믿지 못해
공연히 조바심하고
소리도 없이 뒤엉키며 흰 눈이 내리고
내 마음은 쓸쓸하고 새들도 울지 않고 지붕 낮은
마을은 고즈넉하고

가랑잎으로 누워서도

붉은 잎은 붉은 잎끼리 노란 잎은 노란 잎끼리
넓은 잎은 넓은 잎끼리 좁은 잎은 좁은 잎끼리
떨어져 땅에 함께 누우려고
지금 여기 늦가을의 숲속은 야단법석이다
대개의 나뭇잎이 바람에 다 지는 날,
하필이면 왜 참나무 잎들은 참나무 잎들끼리만
나란히 땅에 눕고
벚나무 잎들은 벚나무 잎들끼리만 함께 누우려고
하는 것일까
사람이 마치 끼리끼리 어울려서 밥을 먹거나
술을 마시고, 어디론가 휘몰려 다니듯이
모과나무 잎들은 모과나무 잎들끼리
플라타너스 잎들은 자기네들끼리 흩날리고
물에 젖는다니
어쩌면 수많은 잎이 가랑잎으로 누워서도
굳이 색깔을 따라서 무리를 짓는 것은
이 숲에 가득히 다시 올 초록의 날들을 위해서
제 식구들끼리 서로 껴안고 넋을 태우는
또 한 번의 몸부림이리라

단풍나무 붉은 잎들은 단풍나무 붉은 잎들끼리

노란 은행잎들은 노란 은행잎들끼리

그의 집으로

그의 집은 너무 멀다

시작도 끝도 없는

시간 너머 멀고 먼 길

바람에게 물어볼까 별에게 물어볼까

캄캄한 허공 속 보이지 않는 길

그의 집은 어디인가

산 뒤에 숨은 먼 산 같이

별을 넘어 그 너머에서도 안 보이는 곳

그의 집으로 가는 길은 너무 멀다

그의 집은 보이지 않네

새들은 알까 드높이 나는 새

가도 가도 끝이 없네

그를 찾아가는 길

별 바다 별의 구름을 넘어서 아득한 곳

그의 집은 너무 멀다

먼 길 가는 슬픈 넋을 부르지 마라

몸을 두고 허이허이

그의 집으로 가는 길

가도 가도 끝이 없네

그의 집은 어디인가

내가 힘들 때 기억나는 것은

내가 힘들 때 기억나는 것은,

내 삶 속에서 내가 눈앞이 캄캄하여 비틀거리고 쓰러질 때에

누군가 내 뒤에 있어 마치 기다렸다는 듯이

보이지 않는 큰손으로 내 손을 잡아 일으키며 내 등을 언덕처럼

단단히 받쳐 주던 일

내가 어느 순간에 실패와 좌절로

어디론가 사라져 버릴까 술을 마실까 망설이고 있을 때에

누군가 보이지 않는 영혼이 그림자처럼 살며시 다가와서는

지금이 바로 내 소원이 이루어지는 시간이라고 귓전에 가만히

속삭여 주던 일

내가 발을 잘못 딛어 거친 물에 휩쓸려서 떠밀려 갈 때에

미리 짐작을 한 것만 같이 누군가 저만치서 안 보이게

기다리고 서 있다가 내 몸을 건져서 살려 주던 일

내가 힘들 때 기억나는 것은,

붉은 깃발 아래 무리지어 소리치던 이들 다 떠나고 아무도 없는

텅 빈 길모퉁이에 고개를 숙이고 쪼그려 앉아서 내가 홀로

눈물을 삼킬 때에

누군가 보이지 않는 큰손을 내 머리에 얹고 어깨를 감싸면
서

살갑게 토닥여 주던 일

가을 숲 나들이

잎 지는 길을 나 혼자 걷는다
바람결은 스산하고 오늘따라 숲속은 어수선하다
마치 모두들 약속이나 한 것인 양 붉고 노랗게 잎을
물들이고 떨어뜨리다니
사람도 저 나무들같이 때가 되면 잎을 시들게 하고
또다시 움틀 때를 기다린다면 그 얼마나 좋을까
어쩌면 나무들도 허물을 벗는 것인지도 몰라
사람이 잠자리에 들기 전에 겉옷을 벗는 것처럼
저 나무들이 저렇게 고스란히 잎을 떨어뜨리는 것같이
내 안의 상처들도 언젠가는 흔적도 없이 지워지기를
빌어봐야지
오늘 하루 잎이 져서 길가에 수북이 쌓인다면
나무들에게는 기쁘고 야릇할지 모르겠지만,
나에게는 전혀 그렇지 않으니 이 일을 어찌할 것인가
지금 나는 잎 지는 숲길을 쓸쓸히 혼자 걷고
어디선가 숨어서 우는 새 소리가 무척 구슬프다

백석, 삼수관평* 가는 길에

세상이 나를 이겼으니 나에게 저 멀리 양강도

삼수관평에 묻히라 하네

이름도 성도 없이 죽은 듯이 살라 하네

산 첩첩 물 첩첩 바위틈 풀숲에 숨으라 하네

숨어서 쑥대밭에 양치기나 되라 하네

낮은 짧고 밤은 긴 곳 살아서는 못 나오는 곳

삼수관평에 묻히라 하네

등 떠밀려서 가는 길에 흰 눈만 내리는데

백 편의 시가 다 무슨 소용인가

삼수관평에 숨으라 하네

온몸이 휘어지고 삭정이가 되어 숨질 때까지

양 우리 똥오줌이나 치우면서 살라 하네

내 손으로 내 뺨을 때리며 혼자 울고

노래도 없이 쓸쓸히 살다가 죽으라 하네

세상이 나를 꺾고 이겼으니 나에게 아득한 곳

삼수관평에 묻히라 하네

사랑하는 사람은 꿈에서나 언뜻 볼까

산이 높고 골이 깊어 아무도 못 오는 곳

머리끝도 안 보이게 삼수관평에 숨으라 하네

---

* 백석 시인이 광복 후 고향인 평안북도 정주에 머물며 문학 활동을 하던 중에 복고주의자로 지목되어 자아비판을 하고 협동농장으로 쫓겨 가서 37년 동안이나 양 치는 일을 하다가 죽은 곳인 양강도 삼수군 관평리

맑은 날, 그의 섬에 가다

그곳에 그가 살아서 그곳의 하늘은 더욱 넓고
푸르렀다
햇살은 금빛으로 넘치고 숲은 유난히 조용했다
바닷물이 조금 흐린들 무슨 상관이냐
그가 사는 모습이 티가 없고 담백함으로
그 얼마나 보기 좋은가
한때는 파도처럼 출렁였을지라도 지금은
외딴 섬 끝자락에 가만히 머무니
아무도 그의 그림자를 밟지 못하는 것을
그가 먼 길을 가다가 이제는 짐을 풀고 쉬는 곳
그곳의 지붕 낮은 집들은 정겨웠고
갈매기도 드문드문 얌전히 날았다
물 건너 산비탈의 바윗돌까지도 환히 보이는
맑은 날
그곳에 그가 살아서 갯둑 너머 하얀 갈대꽃들이
눈부시고
마치 은총이듯이 바람 한 점 없었다
그에게 굳이 묻지는 않았지만,
드디어 그가 그곳에 깊숙이 몸을 감춘 것일까?

상추 한 잎

한 아파트에 이웃해 사는 허형만 시인 교수가 가져온 상추로
밥을 먹었다
허 시인의 시작품들처럼 부드럽고 말쑥한 청상추 넓은 잎이
오래 사귀는 사이같이 허물없고 반가웠다
그러다가 내 입속으로 막 들어가는 찰나의 상추 한 잎에게
문득 안쓰러운 생각이 들었으니 그 까닭은,
상추의 입장이 된다면 매우 분하고 억울할 것만 같아서였다
끝도 없는 우주공간에서 하필이면 이 푸르른 별에
상추 한 잎으로 와서는 잠깐쯤 햇빛을 보는가 싶었는데
갑자기 사람의 입으로 들어가서 으깨지는 운명이라니
아무리 생각해 봐도 이것은 어디인가 잘못된 것이 아닐까?
사람이 무엇인데, 풀 나무 새 짐승 물고기들의 주인으로
자처하고
밟고 꺾고 뽑고 사로잡고 죽이고 먹기까지 서슴지 않음은……
하늘 아래 목숨 있는 것이라면 무엇을 막론하고 모든 것은
저마다 존귀한 존재인 것!
말 한마디 못하고 비명도 없이 내 입속에서 짓이겨질
여리고 알따란 상추 한 잎까지도
첫여름 날의 조촐한 저녁 밥상머리,

그의 깔끔한 시작품처럼 잎마다 곱게 다듬고 씻어서 가져온

허 시인의 잔정에 감동하면서도

내 손에 쥐어진 손바닥만한 연두색 상추 한 잎에게는 무척

계면쩍고 미안했다

넘너리 아침 바닷가에서

바닷물은 잔잔하고 앞섬 너머 섬들이 희미하다
먼 물 끝에서 밤을 새운 고깃배들이
잔물결을 이루며 돌아오고
드넓은 개흙밭 돌무더기를 적시며 밀물이 차오르다
차라리 사람을 에워싼 시간들도 저렇게
빛을 내며 들고나는 것이라면 얼마나 좋을까
한 가닥도 변하지 않은 처음의 것 그대로
겉으로는 상처들이 보이지 않게, 곱고 맑고
투명하게
이미 산전수전 지나온 길을 돌아본들 무엇하리
마치 아무 생각도 없는 것같이
가득한 아침물 위에 끼욱 대며 흰 물새로 날고 싶다
때로는 갯바람에 흔들리고 곤두박질칠지라도
어쩌면 외진 이 바닷가에 뼈아픈 눈물의 밤들이
스쳐 간 자국마저도 다 지워지고 남은 것은
드는 물에 일그러지는 뒷산 그림자뿐이지만,
그래도 사방은 무척 고요하다
물안개처럼 피어오르는 회한과 그리움을 빼고는

천사는 언제 오는가

마치 물을 붓는 듯이 쏟아지는 장대비, 온 들을 삼키는
시뻘건 물살 앞에서는 내가 전혀 아무것도 아니라는 것을
깨달았을 때
말 못하는 새, 짐승, 나무, 풀잎, 벌레들도 저마다
생각과 말이 있다는 것을 깨달았을 때
푸른 잎사귀 뒤에 숨은 둥근 과일의 달고 흰 살은,
무한히 큰 영혼이 있어 땅 위의 모든 목숨을 살리려고
그가 만드는 양식이라는 것을 깨달았을 때
차라리 눈 시리게 반짝이는 햇살보다는,
한밤의 깊이 모를 어둠이 사람의 몸을 편안케 하고
살지게 한다는 것을 깨달았을 때
그동안에 쉬지 않고 저절로 내 안에서 솟아나온,
내 아이들에 대한 애틋한 사랑이 내가 죽어도 마르지 않는
샘물임을 깨달았을 때
동틀 무렵이면 별이 진다는 것을 아는 것처럼
나는 이미 잘 알면서도 모르는 것같이 무심코 살아오다가,
눈앞이 안 보이게 휘몰아치는 눈보라, 앞뒤 없는 아득한
난바다 위에서는 내가 전혀 아무것도 아니라는 것을
가슴에 사무치게 깨닫고는 깜짝 놀라 뒤돌아보았을 때

시인 아무개 약전

그는 젖도 떼기 전에 일본 왕 히로히토의 항복 방송을 들었
다
육이오 때는 지붕 닿게 날아오는 비이십구가 무서워서
마루 밑에 숨고
방구들에 눕는 날보다 방공호에서 잠든 밤이 훨씬 많았지
저녁이 되면 얼굴 흰 사람들이 끌려 나가고
낮이면 손바닥에 굳은살 박인 사람들이 제가 묻힐 흙구덩
이를
파는 것도 보았다
그래서 그랬을까
그는 사춘기도 되기 전부터 두 손에 돌멩이를 들었고
길거리의 매운 연기 싸움 속에서 잔뼈가 굵었지
시를 쓰는 전사로 자처하면서
그러다가 정치군인들에게 잡혀가서 죽도록 얻어맞고
직장에서 쫓겨나고 감옥에 갇히기를 거듭했지 빨갱이로 몰
려서
또 그는 한때 잠깐 한눈을 파는 틈에 수렁에 빠졌다가
안팎에 상처투성이로 겨우 살아서 돌아오기도 했지
그 뒤로 어딘지 모르게 세상이 조금은 변했는가 싶었지만,

그는 역시 족제비 여우 올빼미들과는 섞이지 않았고

비둘기 구멍같이 흔한 집 한 칸을 못 가져 보고

빈손으로 떠돌면서도 남들에게는 티 한번 낸 적이 없지

그렇지만 그는 변함없이 손에서 책을 놓을 줄 몰랐고

권세에 허리 굽혀 밥을 얻지 않았으며

투폿날에는 절대로 도둑이나 불한당을 찍지 않았다

그는 쉬쉬하며 돌려 읽던 얄팍한 시집 몇 권만 달랑 남겨 놓고

가랑잎처럼 졌으며 유서는 없다

여기에 그의 이름은 쓰지 않겠다

꽃의 일생

꽃이 피기 전에 어찌 아픔이 없겠느냐
어떤 큰 몸부림의 뒤에 문득 눈 시린 꽃잎으로
피어나는 것이겠지
그 누가 부르지 않아도 절정은 그렇게 오고
나비가 오고
새의 날갯짓에 놀라기도 하지
웬일인지는 몰라도 꽃이 활짝 피면
기다렸다는 듯이 비바람이 치니
어찌 눈물 없이 꽃의 일생을 살았다고 말할까
사람도 한때는 아무도 없는 곳에서 울고
술을 마시고
어둠 속을 헤맴은 흔한 일이라
그러다가 무엇을 두고 온 것처럼 오던 길을
잠깐 돌아보는 사이에
몸도 영혼도 시드는 것!
이와 같이, 저도 모르게 꽃잎은 지고
물에 떠서 흐르고
그다음에는 언제나 또다시 긴 적막이 오겠지
마치 아무 일도 없었던 것같이

미리 쓴 조시 한 편

그가 이제 이 별을 떠나려나 보다
요즘 부쩍 말끝이 어눌해지고 몸이 삭정이 같이
마르는 것을 보면
끝없이 넓은 세상을 두고 하필이면 이곳에 와서
산전수전을 겪느라고 머리가 세고 허리까지 굽었는가
어쩌면 그는 안개였는지도 모르지 구름인지도
살아생전의 그의 생각과 노래가 돌처럼 땅 위에
오래 남는 것도 아니니
그는 바람인지도 몰라 나뭇잎을 가볍게 흔들다가
사라지는 바람
그래도 그의 긴 발자국들이 뒤에 오는
이들에게 길이 된다면
그의 거친 한 평생이 결코 헛걸음만은 아님이라
때가 되어 그가 내린 모든 뿌리를 자르고
한 번 가서 다시는 돌아오지 않으려고 마음속에 멀리
터를 잡은 곳,
그 별에는 어디에도 진흙밭 수렁이나 엉겅퀴
가시나무 돌 자갈밭이 전혀 없기를……

넝쿨장미 지는 곳

사람이 때로는 꽃 지는 곳에 와서 꽃 지는 것도
눈여겨볼 일이다
마르고 뒤틀리고 밟히고 부서지고 물에 녹고
흙에 섞이는 것을
모든 사물은 시간과 함께 반대쪽으로 가는 것
누구에게나 한 번쯤은 찬란한 절정이 있다면
언젠가는 눈앞이 안 보이는 낭떠러지,
깊은 어둠도 있으리라
혹은 궁궐에서 감옥으로 곧바로 옮겨 앉은 사람들이
있는 것 같이
앞길을 막는 것은 남이 숨긴 덫만이 아니다
제 교만이 제 발등을 찍고 제 혀끝이 제 몸을
찌르느니
무심코 길을 가다가 우연히 금붙이를 주웠느냐
이 시절에 갑자기 권세를 거머쥐어 황홀한 사람들,
여기 저무는 마을의 낮은 울타리를 따라 걸으면서
엊그제는 화들짝 피어 있다가
오늘은 다 떨어져서 땅에 누운
넝쿨장미 서글픈 꽃잎들을 눈여겨볼 일이다

초록 찬가

내가 숲에 와서 오늘 새삼 깨달은 것은,
저 초록은 당신의 살색
저 바람결은 당신의 숨결
저 꽃잎들은 당신의 미소
저 햇살은 당신의 변하지 않는 마음……
사람이 진흙에서 진흙으로 가는 길의
한 모퉁이에
부유함과 편안함과 게으름은 당신의 징벌이요
권세와 오만은 당신의 저주이며,
여울물 소리 새소리는 당신의 노래요
속삭임이라는 것!
내가 숲에 숨었다고 그 누가 말하는가
나는 지금 당신의 품 안에 있으니
저 초록은 당신의 살색
나뭇잎을 간질이는 저 바람결은 당신의
숨결

산안개 속에서

모든 외로움이 여기 모였구나
깊은 산골짜기에 빽빽이 어둔 숲을 이루고
간간이 들리는 여울물 소리와 함께
희부옇게 피어오르는 산안개,
저 초록의 바다를 어찌할거나
쓰라린 삶 속에서 못 다 푼 설움이 있다면
산비처럼 가만히 흩날리게 두고
이런 곳에서 잠자는 듯이 숨을 멈출까
살아서 그 아픔이 아무리 클지라도
그 어찌 일일이 가슴에 새기리
지나온 길이라면 한 굽이도 돌아보지 말고,
이른 풀꽃들이 시든 뒤에 피어나는
산꽃잎처럼
느긋이 게으름도 피워볼 일이다
이 세상에 사람으로 살려고 온 것이 아니라
남들이 사는 것을 보려고 온 것으로
자처하면서
어느 사이 잎을 때리는 물방울 소리 그치니
모든 고요가 또다시
물결치며 몰려오는가 보다

어느 봄날 아침의 시

나는 아무것도 막지 못하네
마치 바닷물처럼 밀려와서 땅 위에 부서지는
햇살 한 줌도 나는 차마 어쩌지 못하네
밤이 낮이 되고 낮이 밤이 되는 것은 물론이고
모든 빛이 한데 모여 하얗게 변하는 것도
나는 막지 못하네
때 되어 흙 속이 더워져서 씨앗들이 눈뜨고
새움이 돋는 것을 나는 어쩌지 못하네
어느 아침 검은 나뭇가지에 흰 꽃잎이 피었다가는
그것들이 바람에 어지럽게 흩날려도 나는
어쩌지 못하네
온 들을 차라리 초록으로 덮으라지
무성하게 자라는 모든 풀잎을 나는 한 잎도
누르지 못하네
이 숲 저 숲으로 오가는 새 한 마리 나는
쫓지 못하네
가난한 이들이 떠나간 빈집의 괴괴한 마당가,
낮은 담장 밑에 핀 작은 풀꽃들의 수줍음을
나는 차마 어쩌지 못하네

어떤 개화

오늘 하루 바람은 공연히 서성거리고 사람 그친
산자락은 고적하다
아직은 골짜기에 움 안 튼 나무들도 있는데
웬일로 온 산에 꽃들만 서둘러서 피어나는가
여기저기 꽃이 피면 무엇하리,
함께 즐길 이 없으니 안타까울 뿐······
내 안의 모든 꿈이 시들고 시간이 멈출 때에는
몸을 낮춰 숨는 것이 옳은 일일까
어차피 저 꽃잎들이 어느 날 흔적도 없이
지기 위해서 피어나는 것이라면,
나는 여기 우두커니 홀로 서서 어쩌자는 것이냐
오늘 따라 새들도 우짖지 않고,
마치 내가 들으라는 듯이 두런거리면서
그래도 꽃은 핀다 온 산에
새잎이 나기도 전에 다 피었다가 질 것만 같이

춘래불사춘春來不似春

사람에게 사람만이 무서운 것이 아니다
눈에 안 보이는 것일수록 더욱 무섭다
악수 따위는 하지 말고 눈인사로 때우면서
2미터 이상 떨어져 살으란다
바람도 찬데 새벽부터 온 식구가 어디로
줄을 서러 가고
아무도 없는 곳에서 꽃들만 무심코 피다니
죽는 줄도 모르고 누군가 홀로 죽어도
울어 줄 이가 없으니
향을 피운들 무엇하리
이럴 때에 부부 되고 싶은 사람들이 있다면
찬 물 한 그릇 떠 놓고 둘이서 맞절이라도
할 수밖에
속수무책, 궁궐은 바라보지 마라
병과 약은 창과 방패라니, 각자도생이다!
마치 도둑이 든 것처럼,
짐작도 못 하는 사이에 나라는 기우는가
해는 중천인데 집집마다 굳게 문이 닫히고
개 짖는 소리만 들려오는구나
적막강산에

낙화분분 落花紛紛

먼 산 가까운 산에 꽃잎을 뿌리라 하네

개울가 언덕에도 길데 누운 흙무덤에도 한 움큼씩 흰 꽃잎을

뿌리라 하네

이 바람이 그치면 소식이 올까

세상에 없는 것을 찾아서 멀리 떠나간 이들

날이 새면 온 들에 꽃잎을 뿌리고 앞바다 갯벌에도

흰 꽃잎을 뿌리라 하네

모든 눈물은 어디에서 오는가

죽은 나무에도 새움이 나니 하루아침에 검은 숲이

연둣빛이 되겠네

작은 강물 큰 강물에도 꽃잎을 뿌리라 하네

어스름 참대밭 칡넝쿨 모래벌판에도 흰 꽃잎을 뿌리라 하네

품안에 먹먹한 가슴속에 가득히 흰 꽃잎을 뿌리라 하네

오지 않는 이들의 이름을 부르며 눈 시리게 흰 꽃잎을

뿌리라 하네

그의 출항

그의 배가 오늘 항구를 떠났다 수평선 너머로
햇살은 눈부시고 바다는 잔잔하다
은빛의 물비늘을 가르며 그가 가는 먼 뱃길,
낮은 길고 오랫동안 장대비와 큰바람도
없을 것이다
세상에 절절한 기도가 이루어지지 않을 때도
있는가
그의 깊은 상처가 그에게 기쁨을 줄 터이니,
어느 누구도 그의 살을 할퀴고 그 앞에
재를 뿌리지 못하리라
그는 이제 소용돌이 물밑의 암초들을 돌아서
평지를 달리듯이 달려서 가고,
때가 되면 나란히 꿈의 섬에 닿으리라
빛의 천사와 함께
언제든지 담담하고 두려워하지 마라
환하고 밝은 곳에서는
어둠이란 본래 아무데도 숨지 못하는 것이므로
오늘 그의 배는 항구를 떠나고 축복처럼 바다는
잔잔하다

마삼이

내 어릴 적에 함께 자란 집안 동생 마삼이
코흘리개 때부터 그는 모르는 노래가 없을 정도로
라디오에 나오는 유행가란 유행가는 다 잘
따라 불렀지 초성도 좋게
나이는 나보다 겨우 한 살 아래인데도
한평생 깎듯이 나를 형님으로 대접해 주는 그
내가 영장을 받고 군대에 갈 때에도 훈련소 문 앞까지
따라와서는,
망설이지도 않고 그 길로 자원입대한 사람
어둔 시절을 만나서 내가 적들에게 쫓기고
감옥을 들락거릴 때에도
그도 어느 전깃줄 공장의 맹렬노조원으로
그 세계에 이미 이름 석 자를 알리고 있었다고
박봉에 새끼들을 키우면서도 궁한 티를 내지 않고
오히려 남 돕는 일에 앞장서던,
선하게 살려고 작정하고 세상에 온 것만 같은
사람 좋은 마삼이
엊그제도 갑자기 내게 전화를 해서는
거두절미하고 "하나님을 봤다"라고 말하면서 울먹이는,

내 슬픈 시간들도 거기에 있을까

내 슬픈 시간들도 거기에 모여 있을까
아무도 모르는 곳, 검은 궁창 너머 아득히
영혼의 바다가 있듯이
내 슬픈 시간들이 냇물을 이루고 강을 이루며
멀리 가서 닿는 그곳,
그 어느 모퉁이에 시간의 바다가 있을까
사람의 눈에는 안 보이는
그곳에서 물결치며 흐느끼고 있을까
내 거칠고 긴 시간들은 어디에 무슨 색으로
고여 있을까
아물지 않은 상처 위에
꿈의 조각들을 점점이 띄운 채……
악한 시절, 어둠 속을 쫓기던 눈물의 발자국도
그곳에 있을까
줄에 묶여 돌에 맞고 거꾸로 매달리고
오래 갇힌 시간들까지도
바람결같이 사람의 몸을 스치는 시간들이
만나서 고스란히 바다를 이룬다면
지나간 내 모든 슬픈 시간도
거기에 모여서 하얗게 부서지고 있을까

조자趙子와 나

조자와 나는 고등학교 시절부터 글친구였지
그런데 그는 서울에 올라가서 일찍이 문단의 샛별로
이름을 날렸고
나는 오일육 때 박정희의 군인들에게 붙잡혀서
감옥살이를 한 이래 주눅이 들어 사는,
변방의 한 사람 책벌레에 불과했어
그러던 어느 해, 내 어쭙잖은 시작품 몇 편을 그가
세상에 알려서 내게도 시인이라는 라벨이 붙게 되었지
그렇지만 그와 내가 함께 걷는 시인의 길은
악한 때를 만나서 무척이나 고단하고 불행했어
어쩌면 피딱지 같은 시 한 편을 트집잡혀서
내가 남산에 끌려가서 죽도록 두들겨 맞고
또다시 죽음의 집에 오래 던져졌을 때,
그는 나를 살리려고 내 글을 모아서 책을 냈다가는
그마저 덜커덕 쇠창살 속에 갇히기도 했지
이윽고 운명인 것처럼 오는 슬픈 한 시대의 절정을 넘으면서
좌충우돌 적들과 부딪치며 감방 문을 드나들다가,
언제인가 그는 홀연히 책을 싸들고 광주로 내려갔어
귀향교수가 되어서

그곳에서도 오로지 그는 몸부림으로 청년들의

가슴에 불을 댕기다가는,

목이 타면 해 저물기 전부터 술을 마셨지

아직도 공수부대의 총알 자국이 생생한 충장로에 가서

그러다가 그는 갑자기 쓰러졌어, 별 지듯이

우람한 몸집과는 달리 얼굴은 해맑고 마음이

비단결 같던 친구

그가 남긴 노래들은 이제 편편이 절명시가 되었고,

다시 못 보는 그의 선하고 포근한 모습은

내게는 산같이 크고 절절한 그리움이 되고 말았지

하루라도 지금 내가 살아 있을 때

사람이 가끔은 제 인생이 무엇인지 스스로 깨우쳐 볼 일이다
내가 이곳의 모래 위에 집을 짓고 허공에 그림을 그리려고
온 것이 아니라 세상을 사랑하려고 온 것이라면
하루라도 지금 내가 살아 있을 때에 몸과 마음을 다 던져서
사랑해 버려야지
허겁지겁 살아온 흔적들을 모조리 지우면서
죽은 뒤의 시간은 죽은 자들의 것일 터,
사람이 죽어서도 온전히 산 것같이 사랑할 수 있을까
나는 아직도 여기에 살아 있으니, 아무도 나를 건드리지 마라
내가 숨을 쉬고 움직이는 동안에는
영혼의 노래에 깊이 취하고 춤을 추고 꿈을 꾸면서
내 마음대로 생각하고 일하며
그 안에서 사랑하는 것들을 더욱 치열하게 사랑하고 나서는,
어느 한순간에
깃 치는 소리도 없이 아득히 사라져 갈 일이다
망망한 바다를 건너서 먼 곳으로부터 날아와서는 잠깐 동안
머물다가 돌아가는 작은 새인 것처럼

나 아닌 나

나는 아직도 내가 누구인지 모른다
도대체 내가 무엇을 하러 여기까지 왔는지
어디에서 와서 어디로 가고 있는지도
나는 모른다
아무래도 나는 내가 아니다
그동안의 나의 시간들은 다 어디로 갔는가
나의 이름으로 허겁지겁 살아온 내가
처음에 꿈꾸던 내가 아니라면
그것은 오직 나 비슷한 나였을 뿐,
아무래도 나는 한평생을 헛살았다
혹시 흙 부스러기, 벌레라든지 먼지이면서도
마치 그것이 아닌 것처럼 여기에 서 있는
나는 내가 아니다
그렇다면 나는 누구인가
아득한 영원 속에서 나는 어디쯤에 있으며
지금의 나는 또 무엇인가

초저녁 숲의 잠

여기 한여름 날 산비탈의 초저녁 숲속이 잠잠하고 적막하다
내 안의 오랜 그리움들이 변하여 슬픔이 되듯이 숲 그늘이
쌓여서
어둠이 되었나
진초록 곱던 빛은 슬그머니 허공중에 스며든 지 한참이고
동고비 곤줄박이를 비롯하여 작은 산새들도 벌써 둥지에 들
었나 보다
소쩍새 멀리서 간간이 흐느끼는 소리를 빼고는 아무 새 소
리도
들리지 않으니
무엇이 이 숲에까지 따라와서 내 가슴을 휘젓는가
무심코 스쳐 가는 산안개에 살짝 젖은 나뭇잎들이 몸을 뒤
척이므로
내일은 바람이 불고 비 내리고 숲은 더욱 칙칙하고 소란하
리
마치 무너져 내린 꿈의 조각들이 다시 모여 절정을 이루는
것처럼
이윽고 키 큰 나무 끝에 희끄무레한 초승달이 걸리고
방울꽃 으름덩굴 누린내 풀잎들마저도 숨소리도 없이 잠이

들었을까

깊은 물속같이 캄캄한 숲을 다 깨울 듯이 발걸음 소리를 내
면서

혼자 걷는 내 모습이 내 눈에도 어디인가 낯이 설고 서먹하
다

낙엽 길을 걸으며

한 치 앞도 모르는 것이 사람이다

살다가 보면 놀랍게도 남의 일로만 여겨 왔던 일들이

언제인가는 네게도 똑같이 일어난다는 것

마치 도둑이 들듯이

어느 날 갑자기 절망도 오고 슬픔도 온다

짐작도 못 하는 사이에

네가 걷는 길이 어찌 늘 고르고 반반하며

네가 건너는 바다가 어찌 늘 잔잔할 수만 있겠느냐

다만 가장 확실한 것은,

너의 교만이 너를 꺾는 것!

모두 잃고 무너지고 눈앞이 캄캄하여

네 손으로 옷을 찢고 땅을 치며 울지 않으려면,

하늘을 가릴 만큼 짙푸르고 무성했다가

오늘은 찬바람에 우수수 떨어져 길에 누운 가랑잎을

밟으며

사람으로 사는 법을 다시 배울 일이다

그는 바람이다

그는 바람이다
굽고 마른 풀잎 사이를 소리 없이 스쳐 지나가는
마치 장난처럼 나뭇잎들을 땅에 떨어뜨리고 이리저리
굴리는
고즈넉한 강가의 갈대꽃들을 일없이 흔들어 보고
이따금씩 흰 물새들을 한꺼번에 날아오르게 하는
쓸쓸히 시드는 쑥부쟁이꽃잎들을 어루만지는
산비탈 다랑이 빈 논의 지푸라기를 집어서 허공에 날리는
기우는 해를 향하여 얄따란 구름을 휘몰아서
눈부신 노을을 만드는,
켜켜이 쌓인 설움들을 그대로 두고
다시는 못 돌아오는 곳으로 떠난 이들의 얼굴을
낱낱이 눈앞에 떠오르게 하고
가슴속 깊은 곳에 오래 묻힌 상처들까지 흔들어 깨우는
바람,
그는 오늘 얄궂은 가을바람이다

세월리 그녀의 집

뒤에는 빙 둘러서 높고 낮은 산과 산들
앞에는 길게 누운 맑고 잔잔한 강물
초록 들 한가운데에
예부터 그 자리에 서 있던 것처럼 아늑하고
포근한 그녀의 흰 집
이미 가진 것을 다 버리고 빈손으로
식구들을 앞세우고 이곳까지 와서 보니
역력히 꿈속에서 보았던 그곳이었다지
맨 처음 밭 한 뙈기에 집을 짓겠다고
터를 닦을 때보다는 서너 배나 더 넓어진
앞마당의 잔디가 싱싱하고
키 큰 소나무들이 줄줄이 허공을 찌르니
집 밖에 나와서 가만히 서 있기만 해도
마음이 넉넉해지는,
늘 낮에도 그렇다지만 밤이 되면 더욱이
고요뿐인 곳
닭 우는 소리가 아니라면 동트는 줄도
모를 것만 같은
강상면 세월리의 그녀의 집

그 집 안에, 고단한 영혼들을 무시로 불러서

쉬게 하고 함께 기도하는 그녀가 사니,

이 어찌 아름답고 향기롭지 아니한가

초가을 어느 날의 풀밭

지금 풀밭이 어수선하다
어떤 놈은 일찍이 드러눕고 어떤 놈은 구부정히
서 있고 어떤 놈은 공연히 머리를 주억거리는
중이다
봄여름 궂은비 바람에 얼마나 시달렸기에
가을이 깊기도 전에 주름지고 허리가 굽은 것일까
차라리 숨을 멈추고 흙에 묻히면 마음이라도
편하겠지
찬 서리도 없는데, 어떤 놈은 벌써 지치고
어떤 놈은 여전히 시퍼런 것을 보면
거기에다가 그 속에서 또 새삼스럽게 피어나는
저 꽃잎은 무슨 꽃잎이냐
누가 와서 갑자기 이곳을 휘저은 것 같이
지금 풀밭이 소란하다
마치 아무도 모르는 곳으로 쫓겨 가는 사람들이
등 떠밀려 모여든 역 마당같이

나는 그냥 풀잎이지

나는 그냥 풀잎이지 풀잎 속에 숨은
풀잎
혹은 우두커니 혼자 서고
혹은 죽은 듯이 땅에 눕는 여린 풀잎
나는 풀잎이니까 바람에 흔들리고
나는 풀잎이니까 햇살에 시드는 거지
아무리 몸부림을 쳐 봐도 풀잎이니까
밟히고 꺾이고 뽑히는 거지
그냥 나는 풀잎이니까 처음부터
나는 풀잎이지
풀잎이 아니기를 꿈도 못 꾸는
그늘도 한 뼘 없는 가늘고 작은 풀잎
살아생전에 이곳에 있어도
멀리 저곳에 있는 것만 같은
나는 그냥 풀잎이지 풀잎 속에 묻힌
풀잎

날마다 놀라움으로

내가 하루하루를 사람으로 살아가는 것이 괴로움이 아니기를
마른 숲에 초록잎이 나고 꽃이 피듯이,
실패와 좌절의 끝이 비로소 희망이 되고 기쁨이 되기를
영원 속의 한순간을 스치면서도 이 별이 영원한 내 집이기를
세상의 모든 것이 우연이라고 해도, 내가 아직 죽지 않고
이곳에 살아 있는 것이 결코 우연이 아니기를
언제인가는 어차피 사라질 몸일지언정, 다만 사라지기 위해서
온 것만은 아니므로 더욱 치열하게 살다가 가기를
산다는 것이 덧없고 허망한 것인 줄을 모르는 것은 아니지만,
그래도 내 삶은 덧없고 허망한 것이 되지 않기를
아무리 쫓기듯이 낭떠러지 가시밭을 걸어왔을지라도
이제는 내 소원이 날마다 놀라움으로 오는 기적같이 이루어
지기를
해가 지기 바로 전에 먼 하늘 끝을 찬란히 물들이듯이
이렇게 내가 신앙처럼 굳게 믿고 바라는 것은 헛꿈이 아니면
역설일까, 비약일까?

머나먼 그의 집

그의 집에 내가 가네 그의 집은 왜 이리 먼가
올고불고 열사흘 몸부림치며
그의 집에 내가 가네
그의 집은 왜 이리 먼가
큰 산을 넘으면 큰 산이 있고 큰 강을 건너면
큰 강이 있으니
그의 집으로 가는 길은 왜 이리 멀고 험한가
돌아보면 발자국마다 고이는 것은 눈물이요
앞을 보면 아득히 한숨뿐이니
고스란히 다 타고 재가 되어 가는 길이
왜 이리 팍팍한가
그의 집이 안 보이네
그의 집에 닿기도 전에 내가 먼저 자지러지겠네
그의 집은 어디인가

한여름 어느 날, 길을 걷다가

바람 한 점 없고 뙤약볕은 눈 시리고
잎마다 초록은 절정이고
마치 점령군처럼 매미들은 함성 지르고
무리를 지어서 아무것도 못 가진 사람들이
길을 건넌다
허공에 주먹질하며
책 읽는 아이들은 아직도 철이 없고
나라는 기울고
그래도 궁 안은 즐겁고……

아름다운 이여, 그 먼 곳에서도 이곳이
보이는가
어렴풋이나마

풀잎, 가냘프고 쓸쓸한

나는 그냥 풀잎이지 비에 젖은 풀잎

은빛 이슬방울들을 안고 다소곳이 선

이름 없는 풀잎 속에 묻힌

이름 없는 풀잎

여기까지 오느라고 무수한 산을 넘고

물을 건넜지

대단원도 반전도 없이

천 길 낭떠러지 모래벌판을 지나서

허위단심 살아서 왔지

풀잎이 되려고 풀숲으로 왔지

끝도 없는 얼음의 바다, 가시나무 비탈을

걸어서

풀잎이 되려고 풀숲으로 왔지

나는 지금 그냥 풀잎이지 비에 젖은

풀잎

연한 초록의 작고 가냘프고 쓸쓸한

흰 꽃잎 강물에 떠서 흐르고

저 강물에 잔물결 이니 나는 외롭지 않네
여름 꽃 흰 꽃잎, 산수국 물매화 개망초꽃 어우러져 피니
나는 쓸쓸하지 않네
저 초록 수풀 그늘 깊은 곳에서는 지금
무슨 일이 일어나고 있는가
새 우는 소리만 들리고,
세상을 바꾸려고 집을 나선 이들 아직은 돌아오지 않으니
잠 안 오는 밤은 많아도
나는 서럽지 않아라
때때로 물안개 흩날리다가 문득 사라지면
잎새들은 저마다 서로 우줄대고,
온 들을 덮듯이 내리는 눈부신 햇살만큼이나
내 안에 그리움이 가득히 차오르니
나는 조금도 외롭지 않네
바람에 흰 꽃잎이 지고, 그 흰 꽃잎들 강물에 떠서 흐르니

철쭉꽃에 관하여

지금 진달래꽃잎 다 시들기도 전에 철쭉꽃 희고 붉은
꽃들이 피느라고 야단법석이다
바탕은 얄따란 연두색으로 칠하고 분홍은 덤으로 얹어서
거기에다가 눈 시리게 반짝이는 은빛의 햇살까지라니
이럴 때는 모든 것을 다 풀어놓아 버려야지
올올이 가슴에 맺히고 멍울진 것들마저도
꿈이 있다면 저희끼리 오래토록 어울리게 두고
몸만이 아니라 마음까지 울긋불긋 물드는 것이지 속속들이
그러다가 바람이 간질이면 저 요염한 꽃잎들에 섞여서
일부러 간드러지게 웃어도 볼까
늦은 봄날 하루,
이곳저곳 철쭉꽃들이 다투어 흐드러지게 피느라고
무척 어지럽고 소란하다
아마도 내일모레는 날이 흐리고 비가 내릴 것만 같다

4월, 저 꽃그늘

여기저기 꽃잎들이 박장대소로 피고 지니
오히려 내 마음이 산란하다
차마 몸 둘 곳을 몰라서 눈을 감아도
눈이 부신데,
왜 이리 여러 생각이 앞뒤도 없이 뒤엉키는 것이냐
옛것이나 오늘의 것, 심지어는 내일의 것까지
몰려와서
마치 절정이듯이 어우러진 꽃그늘에
공연히 아른거리는 것은 오직 회한과 상처뿐……
차라리 나도 저 모든 꽃잎처럼 오늘 하루 왁자지껄
지치지 않고 수다를 떨고
밤비에 소리도 없이 떨어져 땅에 눕는다면,
내 안의 아픔도 흔적 없이 사라질까
이따금 작은 새들이 포르르 날아오르고,
문득 부는 바람에 흰 꽃잎들이 눈송이처럼 흩날리니
내 마음이 울적하고 서글프다

서부영화를 보며

걸어서 나라 밖으로 오고가는 사람들은 행복하다
그 길이 뙤약볕 자욱한 흙먼지길일지라도
제 식구들 앞세우고 제 발로 걸어서 나라 밖으로
오고가는 사람들은 행복하다
비행기에 실려서 허공으로 솟고 배를 타고 파도를
넘지 않으면
그 어디고 한 발자국도 못 나가는 사람들보다는
말을 타고, 자동차, 기차를 타고 나라 밖을
오고가는 사람들은 행복하다
강이 나눴느냐 산이 막았느냐, 그런 것도 아니면서
까마득히 갈라진 곳,
앞에는 철조망, 사방에는 깊은 바다, 외딴 섬에
발 묶인 사람들보다는
걸어서 나라 밖으로 오고 가는 사람들은 행복하다
흙산을 넘고 개울을 건너 한걸음에 멕시코로 가서
술 한 모금으로 목을 축이는 카우보이처럼

집으로 오는 길에 그를 보았다

어디를 그리 부지런히 서둘러 오고 가는가

우르르 지하철에 오르고 내리는 사람들 틈에 그가 있었다

학기말 시험이라도 끝난 듯이 와자지껄 떠들며 교문 밖으로

쏟아져 나오는 중학생 아이들 속에 그의 얼굴이 있었다

숲이 있는 옛 마을의 언덕을 허물고 땅을 파는

재개발아파트 건설 현장,

돌덩이 흙더미를 잔뜩 실은 덤프트럭들을 줄줄이 내보내면서

연신 호각을 불어대는 근로자의 어깨 위에,

주름 파인 그을린 이마 위에 그가 있었다

오래된 전통 시장을 뒤에 둔 조그만 농협은행 앞 큰길가,

황토색 구불텅한 노각오이 두세 개, 열무 한두 다발,

줄무늬 진 애호박 서너 개, 흙 묻은 파뿌리 몇 줌,

노지상추 잎사귀 몇 움큼, 주먹만한 양파 두어 개, 깐 마늘도

한두 줌씩…… 길바닥에 늘어놓고 나란히 앉아 있는

그만그만한 할매들 속에, 그 할매들의 앙상한 젖가슴 속에

그가 있었다

아무 말도 없이, 깊고 큰 두 눈만 껌벅이면서

홍매화에게

한두 송이는 오늘 피고 두세 송이는 내일 또 피려는가
마치 그리움처럼, 서럽게 떠나간 이들이 돌아오는 것처럼
내가 오래 숨어 사는 집 그늘 아래 수줍게 피는 너
겨우내 네가 삼켜온 아픔만큼만 티도 없이 붉어지거라
네가 흘린 남모르는 눈물만큼만
놀라워라, 발걸음 소리도 없이 가만히 내 앞에 온 봄꽃,
살아서 나에게 이런 날도 있다니!

첫봄

해 아래 새것은 없다고 하지만, 지금 오는
이른 봄날이
내가 살다가 처음 만나는 봄날인 것만 같고
낮은 지붕 빈 마당가에 가만히 내리는
눈 시린 햇살이
내가 생전에 처음 보는 햇살인 것만 같으며
마치 긴 잠에서 갑자기 깨어난 듯이
뒷숲에서 어우러져 우는 작은 새 소리가
내가 살아서 처음 듣는 새소리인 것만 같고
아직은 검고 딱딱한 나뭇가지 끝의
손톱만큼 터진 틈으로 얼굴을 내미는 새움이
내 눈으로는 처음 보는 새움인 것만 같아서
얼굴은 붉어지고 가슴이 두근거리는구나
이미 산그늘 비탈밭이랑을 다 녹이고
이따금 장난처럼 내 몸을 스치는 보드라운
바람결이
마치 내가 처음 만나는 바람결인 것만 같고

물 위에 시 쓰기

처음부터 나는 흙부스러기요 연기요 먼지이며
지푸라기요 바람이다
무수한 봄눈송이와 함께 어지럽게 내리면서 녹는
봄눈송이다
언제나 나는 아무것도 아니요 헛것이며 헛것이니
나의 몸은 그림자요 나의 말은 헛말이다
나는 모래 위에 집을 짓고 물 위에 시를 썼다
공들여 한평생 내가 찍은 내 발자국들은
내 발자국이 아니요
내가 땅에 그린 그림은 내 그림이 아니다
나를 기억하지 마라
나는 이곳에 오지 않았다 이 몸으로는 처음부터
나는 여기에 없었으며 앞으로도 여기에 없을 것이다
영원에서 영원까지,
그 너머의 아득한 곳까지

그곳에는
훌쩍 건널 강이라도 있다지만

그곳에는 훌쩍 건널 강이라도 있다지만
앞을 보나 뒤를 보나 이곳에는 아득한 모래밭,
강 한 줄기 없다네
사람이 사는 것이 그 어디라고 다를까마는,
가슴에 불이 나고 눈앞이 캄캄해지면
그곳에서는 물을 건너 밤도망이라도 친다지
이곳에서는 혹시나 남이 알까 혼자 숨어
망연자실만 하는 것을
마음만 먹으면 그곳에서는 몸을 굽혀 강을 건너고,
낮에는 바위틈에 숨고 밤에는 가시나무 수풀을
헤매면서라도
언젠가는 가고 싶은 곳으로 가고야 만다지만,
이곳에서는 제 손으로 두른 제 울타리를
제 발로도 뛰어넘지 못한다네
옛이나 지금이나 그곳에는 강을 훌쩍 건너면
어디론가 가는 길이 연달아 이어져 있다고 해도
이곳에는 줄줄이 검고 흰 못 넘는 높은 산,
새 한 마리 날지 않는
물결 거친 망망대해뿐이라네

아내를 위해 밥을 짓다

내 그림자에 내가 놀라듯이 문득 돌아다보면 아득히

산전수전,

참 먼 길을 걸어왔다

모두 떠나고 빈 둥지에, 운명처럼 나에게 남은

단 한 사람

내 아내를 위해 밥을 짓는다

쌀 한 줌 제비콩 몇 알…… 그 위에다가 새삼스러운 성찰과

회한과 연민까지 조금씩 얹어서

저문 흙산 모퉁이에서 전차 소리 들리고

창밖에는 초승달이 애잔하다

옷자락 바람에 날리며 그 사람이 서둘러 오는가 보다

추운 날, 나무들이 맨살로 서서

찬바람이 그냥 지나가게 하려고 나무들은 잎도 없이
서 있는 것
잎들이 자꾸 간질이면 잠에서 깰까 봐서 그러겠지
이 바람 속에서 저 나무들은 무슨 꿈을 꾸고 있을까
땅을 짚고 오래오래 못 움직인 만큼이나
꿈에서라도 거침없이 세상을 휘젓고 있을까
산모퉁이 여기저기 가난하고 정겨운 이웃들을 만나서
가슴에 묻은 사연을 풀어 놓고 있을까
이럴 때는 차라리 눈보라가 치면 좋겠네 눈앞이
안 보이게 눈보라가 치면 좋겠네
온몸을 움츠리고 더 깊은 잠에 빠질 수 있으니까
가끔은 뒤척이고 잠꼬대도 하면서
어쩌면 저들은 잎을 피우고 꽃을 피우기보다는
꿈을 꾸려고 왔는지 몰라 겨우내 긴 잠 속에서 꾸는
새처럼 허공을 나는 짜릿한 꿈
이 추운 날, 모든 외로움을 혼자서 껴안고 나무들이
저렇게 입술을 물고 맨살로 서 있는 것을 보면

11월의 시

스산한 바람결이 수북이 쌓인 낙엽 더미를 헤집고
지나갈 때
그 바람이 다시 돌아와서
잎도 없는 파리한 담쟁이넝쿨을 심술궂게 흔들 때
아직은 얼지 않은 강물을 따라 내려와서
잔물결로 빈 뱃전을 간지럽힐 때
유령 같은 짚더미와 허리 꺾인 허수아비만 있고
아무것도 없는 빈들을 건너면서
마치 장난처럼 허공에 지푸라기를 날릴 때
춥고 갈 곳 없는 새들을 공연히 부르고
봉긋봉긋한 무덤 너머 눈부신 흰 갈대꽃밭을 눕힐 때
오래 잠들었던 나의 모든 그리움이 눈을 떴다
여기 사람의 것이 아닌 시간 속에
마른 풀잎 벗은 나무, 돌, 바위, 산 등등
스스로 못 움직이는 것들의 서글픔만 넘치게 두고
아무래도 나는 멀리 떠나야겠다

단풍나무 숲길을 걸으며

온 산비탈을 어지럽게 물들인 노랗고 붉은 잎들,
저것은 말 못하는 가을나무들이 몸으로 말하는 것
사람의 눈에 잠깐 비치는 아름다움이기 전에
다음에 오는 봄을 위하여 미리 허물을 벗는
그들의 쓰라린 아픔이거니
비록 오래오래 세상의 바깥에 비켜 서 있을지라도
그들은 절정의 너머를 안다
때가 되면 스스로 땅에 눕고 물에 녹는 법까지도
하늘 아래 영원한 것이 어디에 있는가
아무리 종횡무진 허덕이고 몸부림을 친다고 해도
선한 사람도 죽고 오만한 사람도 죽는다
그래도 바람에 지는 가랑잎처럼 넋도 없이
이리저리 흩날리지 않고,
이 순간까지 살아서 숨을 쉬고 생각하고 말을 하고
움직인다는 것이 새삼 기쁘고 감사함을
여기 황홀한 단풍나무 숲길에서도 배울 일이다

오산리 바닷가에서

여기 검푸른 양양 오산리 앞바다의 흰 물결들에게도
말 못하는 아픔이 있는가 보다
온종일 쉬지 않고 장난처럼 물보라를 일으키면서도
때로는 소리 내서 흐느끼는 것을 보면
무척 짧은 사람의 한평생을 살면서도 누구에게나
피하지 못할 산전수전이 있고
그것이 몸 안에 안 보이는 상처로 쌓이는 것같이,
아무것도 아닌 것으로부터 와서 아무것도 아닌 것으로
돌아가는 인생과는 다르게
내일 또다시 살아서 철썩이기 위하여
오늘 하루도 부산히 모래 위에 스스로 부서지는
오산리 앞바다의 흰 물결들에게도
남모르는 깊은 한이 있는가 보다
밤새워 한 잠도 못 이루고 자기도 모르게 몸을 뒤척이며
신음하는 것을 보면

나에게 아버지는

나에게 아버지는 마을 앞의 당산나무요 뒷산 너머에
뾰족이 솟은 속금산*이요 거무스름한 이별바우*를
에돌아서 들 가운데로 굽어 흐르는 영산강이요
호박잎을 뚫을 듯이 쏟아지는 굵은 빗방울이요
뇌성벽력이요 큰바람에 벼이삭이 드러눕는 동막골
일곱 마지기 논바닥이요 호밀밭 고랑에 핀 양귀비꽃이요
흰 두루마기 자락이요 앞채 사랑방의 담배 냄새요
저물녘 대문 밖의 헛기침소리요 뒷숲의 대바람소리요
햇살에 반짝이는 동백나무 짙푸른 잎사귀였으며,
나에게 아버지는,
내가 스물 되어 머리를 깎고 군대에 가던,
그분의 산 모습을 마지막 본 겨울날 아침에
어서 가라고 몸조심하라고 몇 번인가 흔드시던 애틋한
손짓이었다

---

* 속금산, 이별바우: 전라남도 함평의 영산강변에 있는 산과 바위언덕

네가 들에 핀 꽃이라면

네가 한 송이의 들에 핀 꽃이라면 저들은 오직
꺾어서 꽃병에 꽂아 놓은 꽃이라 사나흘도
못 가서 시드는
네가 받는 위로가 모든 선한 이들의 것이라면
저들이 받는 찬사는 깃털처럼 가볍고 악한 무리의
아첨일 뿐이다
네가 본래 낮이라면 저들은 밤이요
네가 흰색이라면 저들은 검정이며,
너의 말과 생각이 노래이고 축복이라면
저들의 것은 꾸밈이요 거짓이라
너의 길은 열려 있고 저들의 길은 막혀 있으며,
너의 발자국은 돌에 새겨지고
모래 위에 찍힌 저들의 것은 잠깐 사이 바람에
지워질 터이니
담담하라
아무리 시절이 바뀌어도 너는 살아서
이리저리 흔들리는 풀잎이라면
저들은 잎도 없고 껍질도 없이 산비탈 바위틈에
꼿꼿이 선 죽은 나무이니까

시여 노래여

무척 긴 무더위 끝에 온, 이른 가을 첫 비 내린 뒤의
그윽한 풀빛같이
혼자서 무심코 걸어가는 길 위에서 문득 만나는
때 이른 한 잎의 빛 고운 가랑잎같이
작은 연못의 무성한 넓은 잎 틈으로 보얗게 피어나는
수줍은 수련꽃같이
찬 수풀 너머 모래밭에 떠나간 이들의 이름을 쓰고
돌아와 눕는 날 밤의 서쪽 하늘가에 걸린 붉은 초승달같이
내 가슴을 휘저으며 그가 왔다
시여 노래여
겹겹으로 두른 검푸른 산과 산, 그 산 너머 저 멀리
우뚝이 솟은 흰 산봉우리같이

수안보에 숨은 사람

지난 젊은 날 글로 뜻을 나누던 사람들 가을풀잎처럼

들에 누웠어도

오직 한 사람 그 모습 그대로 두 눈을 반짝이며

거울로 서 있는 그

너나없이 세상의 물결에 휩쓸려 나무토막처럼 떠돌 때

멀찍이 푸른 산골짜기 온천물 솟는 수안보에 깊숙이

숨은 사람

예전에도 그랬듯이 지금도 끔쩍 않는 바위 같고

대쪽 같은 그

진눈깨비 어둠 앞에서 몸을 던져 다 같이 싸우던 시절에도

그는 늘 생각의 중심이었듯이,

그때를 되짚는 일에도 중심이 되는 사람

맑고 곧은 그의 말 한마디, 글 한 줄이 생생한 역사가

되는,

그는 비록 가난하지만 영혼은 부자인 채로 든든하게

아직도 살아줘서 고마운 사람

재필이 당숙

내가 지금까지도 바둑 장기를 못 두는 것은
모두가 다 내 어릴 적의 재필이 당숙 그 양반
때문이지
그 양반이 강 건너 공산면 금광에 금을 캐러
다니면서 금은 안 캐고 놀음판에 빠지더니
고라실 다섯 마지기 무논은 물론이고 메밀 심던
비탈 밭 다랑이마저 홀랑 잡혀 먹었는데,
그 바람에 방학 때가 되어도 나는 툇마루에서
형들하고 머리 맞대고 그 흔한 고누놀이도
함부로 못 했어
만약에 그랬다가는, 놀음을 좋아하는 놈들은
재필이 당숙 같은 신세가 될 것이라는 우리
엄하신 아버지의 불호령이 기다리고 있었으니까
그래서 나는 지금까지 민화투도 잘 못 치고
고스톱의 점수를 어떻게 세는지 알기는커녕,
에이스나 킹이 무엇인지도 모르므로
한때 내 또래의 친구들이 즐기던 포커판에도
끼어 본 적이 없고, 카지노 경마 구경 따위는
엄두도 못 냈어

그러다가 결국에는 어지간한 사람이라면 으레
가지고 있다는 골프채 한 번 못 만져보게까지
되었다면 이게 말이나 될 법 한가
그렇게 나는, 순전히 재필이 당숙 놀음쟁이
그 양반 때문에 한평생을 재미없이 살아왔어
마냥 변함없는 책벌레로 참 바보같이

해왕성이 날아와서

내가 뒤에 오는 아이들에게 미안하고 부끄러운 것은,
사람의 시간으로는 헤아리기도 무척 어려운
영원의 끝자락에서 해왕성이 날아와서 지구에
부딪히기 전까지는 아무런 염려가 없는 곳,
차마 못 죽어서 산다는 이가 어디에도 없고
누구나 와서 기를 펴고 사람 대접 받으면서 사는 그런 곳이
아니라,
아직은 눈앞을 가리는 것이 너무 많아서 한 치 앞도
안 보이는 불확실한 땅을 남겨 놓고 간다는 것
어제의 강물처럼 이미 흘러간 나의 모든 날은
손톱만큼도 세상을 바꿔 놓지 못한 어설픈 인생이라는 것!
그러니 아이들아, 내가 죽으면 불태워 바람에 훌훌
날려버리려무나 흔적도 없이

영천 회상

지난 봄 어느 날 저녁에 영천에서 농사짓는
이중기 시인이랑 보현산 중턱으로 미나리 먹으러 가서
문득 올려다본 검은 궁창의 빛나는 붉은 별들,
산봉우리 천문대의 최첨단 망원경이 아닌 맨눈으로
감격해서 바라다본 그 별들은 모두 안녕할까
비록 그 별들이 수백 광년씩이나 멀리 떨어져 있어서
우리가 본 그 별빛이 수백 년 전의 별빛이라고 하여도,
만약에 그 별들이 우리를 내려다보고 있다면
수백 년 뒤에나 지금 우리의 모습을 볼 수 있다고 하여도,
그 별빛들은 너무도 슬프도록 찬란했다
숨고 싶도록

마치 불굴의 전사처럼 당당히 흙을 파고 풀을 뽑고
몸 그을려 일궈낸 이중기 시인의 하늘같은 자두나무 밭,
주렁주렁 열린 자두 알들은 그날 저녁의 그 별들처럼
유난히 영롱하게 빛나고 있을까

어느 여름날 오후에

무성한 여름나뭇잎 앞에서 가을을 미리 본다
잠깐 사이 시들어서 땅에 질 싯누런 가랑잎들까지도
사람이 사는 것도 이것과 무엇이 다를까
더욱이 아이들을 낳고 기르고 결혼시키는 것이
대부분의 인생이라고 한다면
어쩌면 그것은 너무도 흔하고 밋밋한 것!
차라리 다 잠든 숲에 홀로 깨어나서 우는
외롭고 슬픈 새이고 싶다
거기에다가 굳이 또 바라는 것이 있다면 그것은,
아무리 대충 살아온 삶이라고 하여도
이것저것 내가 남긴 흔적들이 바닷가 모래 위에 찍힌
발자국과는 다르기를……

어디에선가 구급차 소리 길게 들리고,
아직도 해는 지지 않았는데 흰 종이꽃 같은 초승달이
허공에 걸렸다
누구인가 돌아오지 못할 먼 길을 떠나는가 보다

말곡리에서

양양에서 삼척 가는 중간 길옆 바닷가 작은 마을
말곡리에 우연히 가다
아직은 땟물이 스며들지 않은 이런 곳에서
오랫동안 길을 잃고 헤매고 싶다
여름날 한낮이면 술 한잔 안 마시고도 취한 듯이
나무그늘에 누웠다가
해가 지면 풀숲에 숨어 풀벌레로 울고
다음 날 아침이면 낮은 솔밭에 희부옇게 머무는
물안개나 될까
검푸른 저 바다를 휘저으며 몰려오는 큰 물결로
온밤을 쉬지 않고 소리치며 모래 위에 하얗게
부서져 버릴까
수북이 먼지 덮인 시절에 하루하루 가슴을 죄며
산다는 것, 이것이 어찌 제대로 된 인생인가
누구보다도 꿈은 크고 재주는 많으나
때를 잘못 만나 무단히 쫓기던 뜻 곧은 옛사람들처럼
아무도 쉽게 찾지 못할 이 작은 마을의
해당화 핀 지붕 낮은 집에서 숨어 살고 싶다

늙은 구지뽕나무에게

개나리, 진달래 꽃잎 흐드러지게 필 무렵에는 너,

긴 잠에서 영영 못 깨어나는 줄로만 나는 알았거니

그렇지만 그것은 오직 나의 염려였을 뿐,

오늘 보는 너의 푸르른 잎들은 남보다 더 오히려

무성하구나

어쩌면 마치 버릇인 것처럼 해마다 한 번씩은

죽었다가 다시 사는 너

서리도 내리기 전에 옷을 벗고 봄이 되면 맨 나중에

잎을 피우는,

그 일마저도 참 곱게 잘 늙은 너의 지혜인가

절대로 가볍거나 날카롭지 않은, 품이 넓고 무던한

등 굽은 굵은 나무

그저 무심히 바라보기만 해도 정이 가는 너

차라리 너의 싱그러운 여름 잎들이

눈 시린 햇살들과 어울리는 동안만이라도 나는 잠시

너의 오래된 침묵 속에 가만히 스며들고 싶구나

내 마음의 거처

내 몸은 아직도 세상에 있으나 마음은 저 멀리
허공에 있네
내 몸은 바다의 이쪽에 있으나 마음은 바다 건너에 있네
내 몸은 가시지 않은 괴로움 속에 있으나
마음은 넘치는 기쁨 속에 있네
내 몸은 진흙 속에 있으나 마음은 이슬방울처럼
꽃잎 위에 있네
내 몸을 긴 줄로 묶고 벽 속에 가두듯이
그 누가 내 마음까지 송두리째 사로잡을 수 있을까
지금 내 몸은 여전히 이쪽에 있지만 마음은
언제나 저쪽에 있네
내 몸은 아직도 사람들 속에 섞여서 세상을 종횡무진
헤매면서도
마음은 이미 세상의 저 너머에 아득히 혼자 있네
마치 처음부터 이 세상의 사람이 아니었던 것같이

너의 산

꽃이 지기 위해서만 피어나는 것은 아니겠지만
핀 꽃이 어찌 한없이 지지 않을 수 있을까
언제인가는 너의 산은 허물어지고
황금은 다시 진흙으로 돌아가리
너의 파안대소는 그치고 너의 이름도 지워지리
너를 기억하는 사람들까지 모두 사라진 뒤에는
바닷가 모래 위에 찍힌 발자국처럼
아무도 시간을 붙잡지 못하리
해가 지면 오늘이 곧 어제가 되는 것
무심한 바람 끝에 꽃이 지고
그 꽃잎들이 부스러져 흙이 되고 물이 되듯이
너는 여전히 등불을 든 사람의 길고 흐릿한
제 그림자일 뿐,
이미 너의 산은 자취도 없고 너의 탑은 쓰러져
풀숲에 누웠으니

먼지가 먼지에게

먼지가 만지인 줄도 모르고 사는 것이 인생이다
먼지가 먼지답지도 않게
꽃잎들만 바람에 떨어져서 먼지가 되고 물이 된다더냐
바위도 쇠붙이도 언제인가는 부서져 모래가 되고
흙이 되는 것을
먼지 한 줌도 안 되는 작은 몸 하나를 위하여
쉴 새 없이 한평생을 허덕이다니
아직도 교만의 옷을 벗지 않았구나
그것이 불시에 네 목을 조르고 네 발등을 찍으리라
눈 시린 붉은 노을 뒤에 어둠이 오듯이
땅 위에서는 그 어느 시간도 강물처럼 흐르면서
다만 소리를 내지 않을 뿐이다
낱낱의 영혼들이 아득한 궁창으로 가는 동안에
몸은 고스란히 먼지가 되고 물이 되는 것
처음부터 누구나가 먼지인 줄도 모르는 먼지였으므로

태순으로 말하자면

길고 무더운 여름이 끝날 무렵 어느 날 이른 저녁에
갑자기 그가 아주 먼 길을 혼자 떠났다
마치 남아 있는 여러 친구를 놀래 주려는 듯이
사람이 이 별에 꼭 무엇을 하기 위해서 온 것만은
아니라지만,
내 친구 태순은 분명히 글을 쓰려고 이곳에 왔으며
그렇게 그는 밥 먹듯이 줄곧 긴 글을 쓰다가 갔다
어떤 바람 앞에서도 흔들리지 않고 꼿꼿하게,
함부로 사람들 틈에 섞이지 않고 깊은 산골짜기
풀숲에 숨어 살면서도 그의 영혼은 잠시도 그곳에
숨지 않았다
그런 까닭으로 그는 역마살이 든 것같이 틈만 나면
사방팔방으로, 강과 산, 들과 마을과 골목길을
발바닥이 닳도록 헤매고 누볐으니,
그를 다만 괴팍한 글쟁이라고 말하지 마라
그 친구로 말하자면, 제 식구는 마땅히 뒷전이고,
그렇게 미친 듯이 이 땅과 뜨겁게 연애를 하고
밤을 낮 삼아서 그 이야기를 글로 쓰느라고 줄담배를
태우다가는,

그것도 모자라서 홀홀 털고 서둘러 이승을 떠나 버린

불같은 순례자이니까

어떤 하소연

내가 잘 아는 어느 시인이 이런 하소연을 해 왔다
그에게는 직장에 다니며 강 건너에 나가 사는 아들이 있는
데
그 아이가 어느 날 느닷없이,
크게 다쳐서 죽어 가는 다람쥐만한 길고양이 새끼 한 마리
를
안고 와서는, 그것을 돌보라고 던져 놓고 갔다는 것이다
어떤 고약한 심술쟁이의 손에 의해 철사에 묶여서
허리가 잘려나가다시피 가죽이 벗겨지고 피 흘리고 뒷다리
를
질질 끄는, 세상에 나온 지 며칠도 안 된 그 안쓰럽고 가냘픈
것을 보는 순간에 그는,
그 목숨의 구원자인 아들의 요구를 차마 거절하지 못했다고
하지 않은가
오래전에 강아지 한 마리를 키우다가는, 그것이 늙어서 죽
는
바람에 초상이 난 것같이 아이들이 울고불고 야단이었던
뒤로는 다시는 집 안에 짐승을 키우지 않겠다고 결심했는
데,

그 결심이 한순간에 무너져 버렸다는 것!

그리고 그 불쌍한 것을 치료해 주고 품에 안고 지내다 보니,

깊은 상처들도 말짱해진 귀염둥이가 되어서 이제는 영락없이

한 식구가 되고 말았으니

이 일을 어찌해야 하는 것인지,

그 시인은 나에게 타령을 겸한 하소연을 해 온 것이다

허공

내 눈에 안 보인다고 하여 무엇이 이 세상에 없고
내 귀에 안 들린다고 하여 무슨 소리가 이 세상에
없는 것이 아니듯이
내 손으로 못 만지고 내 팔로 안을 수 없다고 하여
그가 내 곁에 없는 것이 아니리
마치 알을 품은 어미 새처럼 내 몸을 오래 감싸고
언제나 나의 앞뒤에서 나를 지켜주시는 이
저 허공에 가득 찬 것은 오직 당신의 마음,
영원에서 영원까지 이어지는 당신의 속삭임
너무도 밝은 빛은 보이지 않고 너무도 큰 소리는
들리지 않듯이
내 눈으로는 볼 수도 없고 내 귀로는 들을 수도 없는

광화문역을 나오면서

아무래도 나는 처음부터 아무것도 아니었던 것 같다

그렇다고 투명인간이라고 속단하지는 마시라

내 지난 날, 연애도 한번 못해 보고 적으로 몰려서 남산에

끌려 다니고 감방 속에서 뼈가 다 삭았어도

나는 여전히 아무것도 아닌 것 같다

어둠의 한 시절, 쌀 속의 뉘같이 전사가 드물 때에는

나는 고지식하게 이슬을 맞고 들에 눕는 전사이고 싶었으며,

요즘은 웬일인지 너도나도 전사로 분장하였으므로

나는 그냥 아무것도 아니고 싶다

어제는 나귀를 타고 오는 이 앞에 몰려가서 겉옷을 벗어

길에 깔더니 오늘은 그의 몸을

나무에 매달자고 외치는 인민들을 못 믿어서일까

잘라서 말하여 나는 이것도 아니고 저것도 아니며 아무것도

아니다

나는 여기 온갖 깃발 휘날리고 확성기 소리 어지럽게 들리는

광화문 지하철역 입구에 엉거주춤 서 있는

날개 없는 한 마리 서글픈 새일 뿐이다

내 등 뒤에 그가 있어

한여름 태양이 더욱 가까이에 다가와서 땅덩이가 뜨거워져
사람이 못살게 된다고 해도,
그믐사리에 천둥치고 큰비가 내려서 강물이 넘치고
온 들에 시뻘겋게 홍수가 진다고 해도,
두껍게 얼음 얼고 눈보라치고 밤은 길고 승냥이 올빼미 소
리가
생생히 들려와도,
오랜 가뭄 끝에 새 짐승 풀 나무도 없고
쑥죽 한 그릇 못 먹고 물 한 방울 못 마셔도,
갑자기 산더미 같은 검은 모래바람이 불어와서 눈앞에
아무것도 보이지 않는다고 해도,
집은 기울고 담장은 허물어지고 빈 마당에 이끼만 무성하고
축축한 찬마루에 나 혼자 눕는다고 해도,
나는 두려워하지 않으리
내 등 뒤에 언제나 그가 있으니

입춧날 밤의 시

해는 지고 붉은 노을 뒤에 어둠이 내리고 바람 한 점 없고
새도 그치고 이윽고 풀벌레 소리도 잦아들고 하늘 멀리 희미하게
성근별이 뜨고 길고양이 한 마리가 길가에 웅크리고
이름을 아는 도둑들이 아직도 세상을 주무르고,
의롭게 죽어 말가죽에 싸여서 돌아가자던, 지난 날 총을 베고
덤불 속에 함께 눕던 이들 아직도 소식이 없고……
이 깊은 침묵으로 인하여 모든 나뭇잎의 절정은 끝났는가
연극의 대단원이 지나고 막이 내리고 배우들이 무대 위에 모두
나와서 관객들에게 인사하고 손을 흔드는 시간인 것처럼

내일은 아침 새들이 능소화 꽃잎을 흔들며 지저귀고 때로는
가볍게 스치는 바람결에도 강아지풀잎들이 파르르 몸을 떨며 놀라고
매미들은 죽어라고 목청껏 울어대겠지
비명 같은 울음소리만으로 꿉꿉한 무더위를 날려 버릴 듯이

그래도 일찍 떠나간 사람들은 행복할까

산다는 것은 물처럼 흐르는 것인지도 몰라

흐르다가 막다른 곳 캄캄한 바다 밑에 이르기까지

허공을 채우는 영원의 시간에 비한다면

겨우 한순간을 땅 위에 머무르면서

그래도 일찍 떠나간 사람들은 행복할까

이미 무거운 짐을 훌쩍 벗었으므로

산다는 것은 물처럼 흐르는 것인지도 몰라

실개천으로 여울물로 강줄기로 다 같이 한 곳으로

줄지어 흘러가는 것

어디가 어딘지도 짐작 못할 깊고 어둔 바다 밑에

이르기까지

사람으로 하루하루를 살아가는 것은 모두가

거기에서 거기인 것을

이를 테면 꿈이라든지 생각의 깊이 따위는 저마다

조금씩 다를지라도

벚꽃 지는 길에서

짓궂은 꽃샘바람에 이리저리 흔들리다가 어느 날 갑자기
흐드러지게 흰 꽃 피우고
오늘처럼 흰 꽃잎 눈송이 같이 날리고
또한 무성하게 푸른 잎 피우고 버찌 맺고 비에 젖고
무더위 두어 자락 태풍에 시달리고 뙤약볕에 그을리고
단풍들고 소리도 없이 가랑잎 떨어뜨려 길에 눕히고
찬 서리 흰 눈 맞고 눈보라 속에서 죽은 듯이 오래 잠들고

사람도 저 벚나무들과 같아서 대게 운명처럼 오는 절정을
넘어
한평생을 저런 식으로 살다가 사라지는 것을

약속이나 한 것같이

어디에 누군가 있어 멀리서도 꽃잎들을 밀어 올리는 것이냐
갑자기 흰 꽃잎들이 화들짝 피어나는 것을 보면
저것들 마치 참았던 울음보를 한꺼번에 터뜨리는 것같이
아이들을 낳고 기르는 것이 사람 삶의 중심이듯이
꽃을 피우고 열매를 맺는 것이 풀과 나무가 사는 까닭인 것을
목숨 붙이고 살아가는 길에 어찌 우여곡절이 없겠는가
어차피 이 세상에 몸으로 왔다면, 사는 데까지 치열하게
살아보는 것!
꽃처럼 비록 절정에는 이르지 못할지라도
굳이 죽으려고 사는 사람이 없는 것같이, 일부러 바람에
흩날리려고 스스로 피어나는 꽃잎이 어디 있으랴
그래서 그런 것일까
오늘 아침, 어디의 누군가와 서로 약속이나 한 것같이
수천수만의 꽃잎들이 쏟아질 듯이 한꺼번에 화들짝 피어나
다니

언강을 건너는 저 처녀들이

오늘밤에 언강을 건너는 저 처녀들이 길잡이에게 속아서
만주벌판 늙은 홀아비들한테 팔려가지 않았으면 좋겠네
밤을 새워 쫓는 자도 없이 쫓기는 저 처녀들이
천리만리 남의 땅, 높은 산 가시나무 수풀 속을 헤매지 않고,
철조망 걷힌 넓은 길로 깔깔대며 오고가면 좋겠네
저 처녀들이 너나없이 먹고 싶은 것 다 먹고 입고 싶은 옷
다 입고 가고 싶은 곳 다 간다면 좋겠네
어디에 가나 눈물도 없고 가난도 없는 곳, 그런 곳에서
저 처녀들이 사람으로 사는 것 같이 살았으면 좋겠네
앞다투어 허공에 소리치고 발 구르며 손뼉치고
플라스틱 붉은 꽃 흔드는 굿판이 아니라,
하루를 살지라도 마음 편히 사는 곳, 그런 곳에서
저 처녀들이 사람으로 사는 것 같이 살았으면 좋겠네
지금 당장 무엇이 어떻게 안 되어도 좋으니,
오늘밤에 언강을 건너는 저 슬픈 처녀들이 길잡이에게 속아
서
만주벌판 늙은 홀아비들한테 팔려가지 않았으면 좋겠네

속울음

그 사람 겉으로는 웃고 있지만 속으로는
하염없이 울고 있어요
남들은 몰라요 숨어서 우는 그 사람,
온 가슴이 아픔으로 가득 차고
걸음걸음마다 눈물이 넘치는 것을
그 사람 겉으로는 웃고 있지만 속으로는
하염없이 울고 있어요
아무도 없는 곳에서 혼자서 울고 남 앞에서는
언제나 웃고 있지요
마치 기쁨에 겨운 듯이
아무도 몰라요
그 사람의 웃음은 웃음이 아니고
노래는 노래가 아니라는 것을
차마 짐작도 못해요 그 사람의 가슴에
슬픔이 산같이 쌓여 있는 것마저도

꽃의 일생

— 후기 —

— 약력 —

— 해설 —

내가 문단에 나온 지 어언 50년이 넘었다. 처음의 생각과는 달리, 이 땅에서 시인으로 산다는 것은 그다지 녹록지만은 않은 것이었다. 유달리 나에게만 그랬는지는 몰라도, 내가 걷는 시인의 길은 굴곡이 많고 비탈지고 거칠었다.

그래서 중간중간에 나는 몇 번이나 시에서 떠나려고 했던가. 그럼에도 불구하고, 내 몸을 사로잡은 시의 팔심이 너무도 강하여 나는 꼼짝도 하지 못하고 주저앉곤 했으니, 이 어찌 시 쓰기를 내 운명이라고 자처하지 않을 수 있었겠는가.

이렇게 나는 한평생을 시에 묶여서 살아왔다. 차라리 일찍부터 풀무질하고 쇠를 두들겼더라면, 지금쯤은 노련한 대장장이로 가족을 편안히 먹여 살릴 수도 있었을 터인데, 나는 차마 그러지도 못한 채, 오늘도 여전히 문학소년 시절과 같이 밤잠을 설치며 시에 매달리는 나의 고행은, 남이 보기에는 이것이 아무리 허망한 일일지라도 내가 죽는 날까지 그치지 않을 것이다. 시지프스처럼.

햇수로 3년 만에 새 시집을 엮는다. 여기에, 백 편의 희망의 시에다가 열 편의 절망의 시를 선보인다고 생각하면서, 백십 편의 신작을 묶어 보았다. 이번으로 열여덟 번째의 신작 시집을 내는 데도, 언제나처럼 미흡하다는 자책과 수줍은 마음을 지우지 못하겠다.

출판환경의 어려운 여건 속에서도 변함없이 좋은 책을 만드는 일로 분주하면서도, 나의 젊은 날의 연대기인 『지금 나에게도 시간을 뛰어넘는 것들이 있다』와 시집 『압록강 생각』에 이어서 세 번째로 이 책을 펴내 주신 도서출판 「일송북」의 천봉재 대표께 감사하고, 자상하고 감동적인 해설을 써 주신 이경철 교수께 감사하면서, 오직 내 뒷바라지에 인생의 시간을 다 바쳐 온 사랑하는 아내와 가족들에게 이 시집을 바친다.

2021년 가을
양성우

양성우

1943년 전남 함평에서 태어나 전남대 국문과를 졸업했다.
1970년 《시인》에「발상법」,「증언」등을 발표하면서
작품 활동을 시작했다.
시집으로 『발상법』(1972), 『신하여 신하여』(1974),
『겨울공화국』(1977), 『북치는 앉은뱅이』(1980),
『청산이 소리쳐 부르거든』(1981), 『낙화』(1984),
『노예수첩』(1985), 『5월제』(1986),
『그대의 하늘길』(1987), 『세상의 한가운데』(1990),
『사라지는 것은 사람일 뿐이다』(1997),
『첫마음』(2000), 『물고기 한 마리』(2003),
『길에서 시를 줍다』(2007), 『아침꽃잎』(2008),
『내 안에 시가 가득하다』(2012), 『압록강 생각』(2019) 등
이 있다.

생태 환경을 끌어안으며
도(道)에 이르는 자연의 서정

이경철(문학평론가 · 전 중앙일보 문화부장)

"너희들 아직도 거기에 있느냐/하염없이 물 끝을 바라보면서 누구를 간절히 기다리느냐/날이면 날마다 산 같은 그리움을 안으로 삭이며/집 없고 길 잃은 아이들같이 너희들 그 바다에/호젓이 모여 있느냐/밥은 먹었느냐 잠은 잤느냐/새도 그치고 바람이 부는데/너희들 서로 등 기대고 아직도 거기에 앉아 있느냐/저 혼자 아프게 부서지는 푸른 물결 희부연 물안개 속에"-「오륙도 안부」전문

대자연과 자연스레 한 몸이 돼가는 순정한 첫 마음

양성우 시인의 18번째 신작 시집인 『꽃의 일생』은 생태 환경 시집으로 읽힐 수 있다. 생태와 환경이 오염되면서 지구촌 문제로 떠오르자 이런 위기를 해결하기 위해 쓰였거나 도움을 줄 수 있는 시편들이 생태 환경 시로 자리매김하며 세를 불려가고 있다.

이런 시점에서 나온 『꽃의 일생』은 기존의 환경운동의 표

어나 구호 수준을 훌쩍 넘어서 생태 환경 시의 미래를 제시하고 있는 시집이다. 인간의 삶과 일생이 어떻게 우주 삼라만상과 한 몸 한마음이 돼 서로를 염려·보호하며 건강한 우주적 삶으로 순환하는지를 시인의 경륜과 시적 내공을 통해 실감으로, 감동적으로 보여 주고 있기 때문이다.

생태 환경 시에 대한 아무런 이해 없이도 감상해보라. 맨 위에 올린 시「오륙도 안부」를 보시라. 부산 앞바다에 떠 있는 섬인 오륙도에 안부를 묻고 있는 시다. 오륙도뿐 아니라 파도며 물안개, 새며 바람 등 삼라만상을 염려하며 평안하기를 바라는 마음이 그대로 들어온다. 간절한 그리움이 실감으로 시인과 우주 삼라만상을 잇고 있지 않은가.

양성우 시인은 1970년『시인』지로 등단해 1975년 집회에서 시「겨울공화국」을 낭송, 교사직에서 파면됐다. 이에 굴하지 않고 장시「노예수첩」을 국내에서는 발표할 수 없어 일본의 잡지『세카이(世界)』지 1977년 6월호에 게재했다가 국가모독죄로 투옥됐다. 제목에 그대로 드러나듯 두 시는 모두 당시의 유신독재체제를 비판한 투쟁시다.

양 시인이 투옥되자 자유실천문인협의회 측 문인들이 양 시인의 시들을 묶어『겨울공화국』을 펴내고 이에 연루돼 고은, 조태일 시인 등이 투옥되는 등 소위 '겨울공화국'으로 상징되는 유신독재 시절 항쟁의 전위에 섰던 시인이 양 시인이다. 1979년 가석방된 양 시인은 1985년 자유실천문인협의회 대표를 맡는 등 시작과 함께 문단의 민주화투쟁에 앞장섰다.

이와 함께 서울민주통일민중연합 부의장(1986), 민주쟁취
국민운동본부 대변인(1988) 등의 이력이 말해 주듯 양 시인
은 재야민주화운동에도 깊이 관여했다. 1988년에는 국회의
원에 당선돼 현실 정치에 참여하기도 했다.

"그는 사춘기도 되기 전부터 두 손에 돌멩이를 들었고/길
거리의 매운 연기 싸움 속에서 잔뼈가 굵었지/시를 쓰는 전
사로 자처하면서/그러다가 정치군인들에게 잡혀가서 죽도
록 얻어맞고/직장에서 쫓겨나고 감옥에 갇히기를 거듭했지
빨갱이로 몰려서/또 그는 한때 잠깐 한눈을 파는 틈에 수렁
에 빠졌다가/안팎에 상처투성이로 겨우 살아서 돌아오기도
했지/그 뒤 어딘지 모르게 세상이 조금은 변해 가는가 싶었
지만,/그 역시 족제비, 여우, 올빼미들과는 섞이지 않았고/비
둘기 구멍같이 흔한 집 한 칸을 못 가져 보고/빈손으로 떠돌
면서도 남들에게는 티 한 번 낸 적이 없지"

이번 시집에 실린 시 「시인 아무개 약전」의 한 대목이다.
'아무개', '그'라고 남 말하듯 쓰고 있지만 시인 자신에 대
한 솔직한 약전(略傳)이다. 오로지 정의로운 사회를 건설하
기 위한 투쟁의 약력이 그대로 전해져 온다. 자신이나 파당
을 위한 신념이나 이념이 아니라 남과 사회를 위한 사랑, 민
주화운동의 순정성이 그대로 드러나고 있다.

"그들이 오는구나 온 산에 들녘에 물결치듯이 떠들썩하
게/오랜 선한 싸움 끝에 어느 새벽 눈물의 강을 건너서 아득

히/떠나간 이들/내 그리움이 가슴에 사무치고 슬픔이 잔에 넘칠 때/드디어 그들이 오는구나 앞서거니 뒤서거니 백화만발로/푸른 바다를 덮으며 곱고 눈부신 아침놀로 넘실대며 그들이/오는구나/(중략)/매운 연기 속에 맨손으로 맞서고 이윽고 내리는 새벽 어스름에/발걸음 소리도 없이 떠나간 이들/그들이 오는구나/흐드러지게 피는 희고 붉고 노오란 꽃잎으로 함성 지르며"(「백화만발로 그들이 오다」 부분)

온갖 꽃들이 만발하며 오는 봄을 감탄으로 맞고 있는 시다. 아니 오랜 선한 싸움 끝에 백화만발한 봄 세상을 열어 놓고 소리 소문도 없이 가버린 진정으로 깨끗한 혼들을 온몸으로 맞이하고 있는 시다. 그런 순정한 혼에 대한 사랑, 그리움이 양 시인의 시 세계에는 일관되게 흘러오고 있다.

양 시인의 시 속에서 '그'나 '그들'의 3인칭은 1인칭인 '나', 시인 자신이다. 시인의 순정한 첫 마음이다. '그들'은 또 우주 삼라만상의 자연이다. 산이며 들이며 강이며 구름이며 온갖 종류의 꽃이다. 순정한 시인의 마음속에 깃든 선한 자연 그대로다.

양 시인의 시는 1인칭, 2인칭, 3인칭을 나누어 쓰고 있으면서도 그들은 곧 하나가 되어 버린다. 시적 화자인 '나'와 시적 대상인 '그대'는 3인칭 '그'로 해서 하나가 되어 버린다. 첫 마음, 그리움으로 하여 모든 인칭은 1인칭이 되어 버린다. 그만큼 삼라만상, 대자연과 자연스레 한 몸 한마음이 돼 가고 있는 시 세계의 한 결정판이 이번 시집 『꽃의 일생』이다.

삼라만상을 혈육처럼 살갑게 끌어안는 생태 환경 시의 진경

"내가 세상에서 절대로 혼자가 아니라는 것을 알게 해 주
는 들과 숲의 말 못하는 여러 형제에게 입을 맞춘다/모든 살
아 있는 것의 잠을 깨우는 아침 햇살에게/개똥지빠귀에게 딱
따구리에게 산비둘기에게/검푸르게 어우러지는 나뭇잎들에
게 귀여운 풀꽃들에게/가만가만 속삭이며 흐르는 여울물에
게/북으로 돌아가는 청둥오리들에게/낮은 흙산 모퉁이를 굽
이도는 강물과 서걱대는 갈대밭에게/쉬지 않고 그물을 던지
는 고기잡이배들에게/쪽빛의 멀고 높은 산봉우리들에게 저
녁놀에게/밤하늘에 반짝이는 작은 별들과 은하수, 북두칠성
에게/달도 없는 칙칙한 어둠과 밤부엉이 소리에게/한 시절
깊은 슬픔을 안고 떠나간 이들에 대한 지울 수 없는 그리움
에게 입을 맞춘다/두 팔로 껴안으면서 마음속으로 애잔하
고 절절하게"

생태 환경 시로서 대자연을 대하는 시인의 자세를 잘 드
러내고 있는 시「나의 입맞춤」전문이다. 행마다 '-에게'
가 반복되며 대자연 하나하나에 입을 맞추고 있다. 생물이
며 무생물, 지상의 것이며 천상의 것, 사물이며 사물이 아
닌 '어둠'이나 '소리', '그리움' 같은 관념에도 입을 맞춘
다. 인위적인 구분, 분별을 넘어서 함께 더불어 살아가는 모

든 것을 형제, 살붙이로 생각하며 입을 맞춘다.

'애잔하고 절절하게' 마음속으로 우주 삼라만상을 생각한다. 이렇게 자연을 향하는 마음은 누구에게나 있게 마련이다. 자연을 염려하며 보호하려는 마음은 여느 시인의 시편들에서도 쉽게 찾아볼 수 있다. 그러나 혈육 같은 정으로 껴안으면서 입을 맞추는 행위는 찾아보기가 쉽지 않다. 이번 시집의 특징은 환경 생태 시에 이처럼 혈육 같은 깊은 정이 살갑게, 구체적으로 묻어나고 있다는 것이다.

"꽃이 피기 전에 어찌 아픔이 없겠느냐/어떤 큰 몸부림의 뒤에 문득 눈 시린 꽃잎으로/피어나는 것이겠지/그 누가 부르지 않아도 절정은 그렇게 오고/나비가 오고/새의 날갯짓에 놀라기도 하지/웬일인지 몰라도 꽃이 활짝 피면/기다렸다는 듯이 비바람이 치니/어찌 눈물 없이 꽃의 일생을 살았다고 말할까/사람도 한때는 아무도 없는 곳에서 울고/술을 마시고/어둠 속을 헤맴은 흔한 일이라/그러다가 무엇을 두고 온 것처럼 오던 길을/잠깐 돌아보는 사이에/몸도 영혼도 시드는 것!/이와 같이, 저도 모르게 꽃잎은 지고/물에 떠서 흐르고/그다음엔 언제나 또다시 긴 적막이 오겠지/마치 아무 일도 없었던 것 같이"(「꽃의 일생」 전문)

이번 시집의 표제작이다. 한 시집의 제목이 되는 시에는 그 시집을 이끌고 가는 추진력과 시집을 총괄할 수 있는 주제가 담겨 있게 마련이다. 누가 부르지 않아도 꽃은 피고 지고 우리네 삶 또한 그런 대자연의 운행 법칙에 따르고 있다는 생태 환경의 주제가 담겨 있다. 또 꽃의 피고 짐, 생과 사의 대자연의 섭리가 자연스레 묻어나고 있다. 시인과 꽃, 그리고 삼라만상을 간절하게 잇는 그리움이 이끌어가고 있는 시다.

위 시에 드러나듯 꽃은 살아 있는 모든 것의 순간순간의 절정이다. 하늘과 땅 사이에 생겨나서 자라고 서로 맺어지며 살아가다 마침내는 스러져 가는, 모든 생명의 순간의 가장 간절한 몸짓이다. 나비와 새. 비와 바람과 뭇별 등 삼라만상의 말 없는 내밀한 언어가 꽃이기도 하다.

우리 사람에게 꽃은 나와 남, 나와 나 아닌 그 모든 것을 그 간절함의 절정에서 맺어 주게 하는 의미다. 사람과 사람 사이이든, 혹은 사람과 사람 아닌 것 사이이든 우리는 모두 서로에게 무엇인가가 되고 싶어 한다. 우리는 나 아닌 다른 존재를 향할 때만 존재 이유를 가질 수 있는 대타(對他, pour_soi)적 존재이니까. 이렇듯 나 아닌 것을 향할 수밖에 없는 우리를 가장 간절하면서도 아름답게 대신 드러내 주고 있는 것이 꽃이기도 하다.

해서 꽃은 그리움이고 사랑이 되는 것이다. 인간은 물론 우주 만물의 사랑의 지극한 표현이 꽃이 되는 것이다. 우리네 살며 사랑하며 헤어지며 죽어 가는 그 모든 순간의 기쁨과 슬픔, 그 절정에서 항상 꽃이 같이하고 있지 않은가. 그런 꽃의 일생, 우주 삼라만상의 운행의 도가 자연스럽고도 간절하게 묻어나고 있는 시가 「꽃의 일생」이다.

"마치 물을 붓는 듯이 쏟아지는 장대비, 온 들을 삼키는/시뻘건 물살 앞에서는 내가 전혀 아무것도 아니라는 것을/깨달았을 때/말 못하는 새, 짐승, 나무, 풀잎, 벌레들도 저마다/생각과 말이 있다는 것을 깨달았을 때/푸른 잎사귀 뒤에 숨은 둥근 과일의 달고 흰 살은,/무한히 큰 영혼이 있어 땅 위의 모든 목숨을 살리려고/그가 만드는 양식이라는 것을 깨달았을 때/차라리 눈 시리게 반짝이는 햇살보다는,/한밤의 깊이 모를 어둠이 사람의 몸을 편안케 하고/살지게 한다는 것을 깨달았을 때/그동안 쉬지 않고 저절로 내 안에서 솟아나온,/내 아이들에 대한 애틋한 사랑이 내가 죽어도 마르지 않는/샘물임을 깨달았을 때/동틀 무렵이면 별이 진다는 것을 아는 것처럼/나는 이미 잘 알면서도 모르는 것같이 무심코 살아오다가,/눈앞이 안 보이게 휘몰아치는 눈보라, 앞뒤 없는 아득한/난바다 위에서는 내가 전혀 아무것도 아니라는 것을/가슴에 사무치게 깨닫고는 깜짝 놀라 뒤돌아보았을 때"(「천사는 언제 오는가」 전문)

참 쉽고도 자연스럽게 대우주의 '에코 철학'을 전하고 있는 시다. 대자연 속에 깃들어 살고 있는 시인 자신의 반성에서 비롯된 시가 나오고 있어 절실하다. 시인의 몸과 마음에 배어들 수밖에 없는 에코 철학을 문득, 새삼스럽게 깨닫고 있어 설득력도 강한 시다.

위 시에는 '그'라는 3인칭과 '나'라는 1인칭이 함께 나오고 있다. '그'는 '무한히 큰 영혼'으로 삼라만상을 살리고 있다. 그에 비해 나는 '아무것도 아니'다. 무한히 큰 영혼, 천

사이며 자연의 섭리를 외면하고 나 자신만을 생각했을 때 나는 아무것도 아니다.

그러나 "내 아이들에 대한 애틋한 사랑이 내가 죽어도 마르지 않는/샘물임을 깨달았을 때" 나는 무한히 큰 영혼으로 그가 되고 천사가 된다. 하여 대자연의 섭리, 에코 철학으로 자연스레 나아가고 있는 시다. 그러면서도 그 천사는 대자연과 한 몸으로서 '저절로 내 안에서 솟아나온' 것, 이미 내재한 것인데도 그걸 외면하는 삶에 반성을 가하고 있는 시이기도 하다.

동일성과 순간성의 서정 시학을 낳는 순정한 그리움

"내가 숲에 와서 오늘 새삼 깨달은 것은,/저 초록은 당신의 살색/저 바람결은 당신의 숨결/저 꽃잎들은 당신의 미소/저 햇살은 당신의 변하지 않는 마음……/사람이 진흙에서 진흙으로 가는 길의/한 모퉁이에/부유함과 편안함과 게으름은 당신의 징벌이요/권세와 오만은 당신의 저주이며,/여울물 소리 새소리는 당신의 노래요/속삭임이라는 것!/내가 숲에 숨었다고 그 누가 말하는가/나는 지금 당신의 품 안에 있으니/저 초록은 당신의 살색/나뭇잎을 간질이는 저 바람결은 당신의/숨결"(「초록 찬가」 전문)

제목처럼 초록, 자연의 찬가다. 자연의 품 안에 깃들어 사는 것은 축복이라는 것이다. 그에 반해 부유함, 편안함, 게으름,

권세, 오만 등 이기주의 요소는 2인칭 '당신'의 저주라는 것이다. 그것도 모르고 우리 인간들은 날로 우리가 깃들어 사는 자연환경을 훼손해 가고 있다. 그러니 저주가 따를 수밖에 없다는 것을 찬가 속에서도 드러내고 있는 시다.

숲에서 대자연, '당신'의 살색, 숨결, 미소, 마음을 보며 시인인 '나'는 대자연과 한 몸이 돼 가고 있다. 앞서 살펴보았듯 양 시인의 시 세계에서 각 인칭은 문법대로 나, 당신, 그로서 각각이 아니다. 서로에 대한 그리움, 사랑으로서 하나가 되어 버린다. 그게 원래 하나였다 하나로 돌아가는 우주의 섭리다.

"내 안에도 변하지 않는 것이 있다면 그것은/너에 대한 나의 무한사랑이다/사람 몸의 피처럼 아무리 추운 날에도 얼지 않고 흐르는/나뭇가지 속의 수액 같이/누운 갈댓잎을 부드럽게 쓰다듬으며 내려 비치는/얄따란 아침 햇살같이/벌과 나비보다는 차라리 작은 겨울새를 위하여/꿀을 만드는 동백꽃같이/넓은 들을 건너서 발 아래 굽은 강을 거느린/봉긋한 민둥산같이/점점이 흩어진 섬과 섬을 지나 먼 바다 끝을/찬란히 물들이는 노을빛같이/바람 잔 저녁 하늘에 가늘게 떠 있는 붉은 초승달같이/내 안에도 변하지 않는 것이 있다면 그것은/내가 죽는 날까지도 그치지 않는 너에 대한 무한사랑이다/너를 만나고 돌아서자마자 또다시 샘물처럼 솟는/너에 대한 애틋한 그리움이다"(「변하지 않는 것」 전문)

만나고 또 돌아서면 그리워지는 '너', 임에 대한 사랑을 읊은 연애 시로 읽어도 좋을 시다. 그런 변하지 않는 애틋한 그리움, 무한사랑을 자연에 직유(直喩)해서 펴고 있는 시다. 아니 대자연 자체가 그리움의 대상이 되고 마침내 그리움, 그 변할 수 없는 첫 마음, 초심으로 자연 자체와 한 몸이 돼 가고 있는 시다.

2014년 봄 미국 하버드-스미스소니언 천체물리센터가 우주의 탄생 순간인 대폭발(Big Bang)의 결정적 단서를 찾아냈다. 지금까지 우주 탄생의 유력한 가설로 여겨온 빅뱅이론을 입증할 중력파의 파문(波紋)을 실제로 발견한 것이다.

우주는 어둠 속 한 점 빛에서 생겨났다. 캄캄한 어둠 속에서 뭔지 모를 것들이 서로를 끌어당기며 뭉치다 마침내 한 점 빛으로 폭발해 우주가 탄생했다는 게 빅뱅이론이다. 그때 그 빛줄기의 파문이 1백38억 광년을 나아가며 우리의 태양계와 은하계, 지구의 모래알보다 더 많은 별의 우주라는 무진장의 공간과 시간으로 팽창하고 있다는 것이다.

캄캄한 혼돈 속에 빛을 있게 한 것도, 빛이 발산되며 무진장한 별들을 만든 것도 서로를 끌어당기는 힘, 인력(引力)이다. 그런 인력이 안개인지 티끌인지 뭔지 모를 것들을 서로서로 끌어안아 원자며 분자며 물질이며 별이며 꽃이며 사람으로 전화(轉化)케 해 이 찬란한 삼라만상의 우주를 펼치게 하고 있는 것이다.

캄캄한 어둠, 혼돈 속에서 하염없이 외로운 것들이 서로 사무치게 끌어당기며 뭔가가 되고 싶은 기운(氣運), 그것은 곧 그리움 아니겠는가. 그 그리움이 빛이 되고 별이 되고 꽃이 되는, 우주와 한 몸인 뭇 생령들 아니겠는가.

하여 원래 하나였다 이제는 헤어진 너와 나의 안타까운 거리, 그리움이 시를 낳는다. 우리네 맑고 드높은 꿈과 이상과 이제는 더 이상 동일한 것일 수 없는 구차한 현실에서 세계와 우주 삼라만상과 온몸으로 만나 다시 하나가 되고픈 마음이 시를 낳는다.

너와 나, 꿈과 삶, 이상과 현실, 개인과 사회, 인간과 자연 어느 한쪽에 편안히 살지 못하고 그 사이에서 양쪽을 근심과 연민으로 살피는 것이 시다. 그런 연민과 그리움의 정갈함으로 너와 나를 온몸으로 이어 주며 감동으로 떨리게 하는 언어가 시다. 그리하여 독자와 우주 삼라만상과 첫 마음 그대로 소통할 수 있게 하는 게 시라는 것을 이번 시집에 실린 시편들이 잘 증명해 주고 있다.

그렇게 해서 시에 드러나는 것은 결국 인간의 품위와 위엄, 그리고 우리 스스로 생각해도 신비스러울 정도로 끝 간 데 없이 깊고 넓은 우주 일원으로서의 인간이라는 존재. 그것으로써 이 황막한 시대의 위안과 함께 인간 존재의 깊이와 위의(威儀)를 지키는 것이 시라는 것을 『꽃의 일생』 시편은 잘 보여 주고 있다.

"해 아래 새것은 없다고 하지만, 지금 오는/이른 봄날이/내가 살다가 처음 만나는 봄날인 것만 같고/낮은 지붕 빈 마당가에 가만히 내리는/눈 시린 햇살이/내가 생전에 처음 보는 햇살인 것만 같으며/마치 긴 잠에서 갑자기 깨어난 듯이/뒷숲에서 어우러져 우는 작은 새소리가/내가 살아서 처음 듣는 새소리인 것만 같고/아직은 검고 딱딱한 나뭇가지 끝의/손톱만큼 터진 틈으로 얼굴을 내미는 새움이/내 눈으로는 처음 보는 새움인 것만 같아서/얼굴은 붉어지고 가슴이 두근거리는구나/이미 산그늘 비탈밭이랑을 다 녹이고/이따금 장난처럼 내 몸을 스치는 보드라운/바람결이/마치 내가 처음 만나는 바람결인 것만 같고"(「첫봄」 전문)

모든 대상을 처음 본 것처럼 눈 시리게 보고 있는 시다. 이번 시집에는 '눈 시린'이란 표현이 적잖게 나온다. 첫 마음 그대로, 항상 있는 그대로를 처음처럼 눈 시리고 부시게 보고 있기 때문이다. 기실 항상 그대로 있는 것, 자연을 매양 새롭게, "얼굴은 붉어지고 가슴이 두근거리는" 감동으로 보는 서정적 태도 때문이다.

너와 나는 하나라는 동일성의 시학과, 현재의 이 순간은 과거 추억과 미래 예감이 동시에 익어터지는 찰나라는 순간성의 시학이 서정성의 요체다. 그런 서정시학이 자연과 한 몸이 되어 자연스레 우러나오는 것이 양 시인 시 세계의 특징이기도 하다.

도의 경지에 이른 첫 마음 순정한 시 쓰기 반백 년

"세상이 나를 이겼으니 나에게 저 멀리 양강도/삼수관평에 묻히라 하네/이름도 성도 없이 죽은 듯이 살라 하네/산 첩첩 물 첩첩 바위틈 풀숲에 숨으라 하네/숨어서 쑥대밭에 양치기나 되라 하네/낮은 짧고 밤을 긴 곳 살아서는 못 나오는 곳/삼수관평에 묻히라 하네/등 떠밀려서 가는 길에 흰 눈만 내리는데/백 편의 시가 다 무슨 소용인가/삼수관평에 숨으라 하네/온몸이 휘어지고 삭정이가 되어 숨질 때까지/양 우리 똥오줌이나 치우면서 살라 하네/내 손으로 내 뺨을 때리며 혼자 울고/노래도 없이 쓸쓸히 살다가 죽으라 하네/세상이 나를 꺾고 이겼으니 나에게 아득한 곳/삼수관평에 묻히라 하네/사랑하는 사람은 꿈에서나 언뜻 볼까/산이 높고 골이 깊어 아무도 못 오는 곳/머리끝도 안 보이게 삼수관평에 숨으라 하네"(「백석, 삼수관평 가는 길에」 전문)

백석 시인을 직접 화자로 내세워 심경을 읊도록 한 시, 가슴이 미어질 정도로 아름답다. 일제하 서울 조선일보 등에 근무하며 "나타샤와 나는/눈이 푹푹 쌓이는 밤 흰 당나귀 타고/산골로 가자 출출이 우는/깊은 산골로 가 마가리에 살자"(「나와 나타샤와 흰 당나귀」 부분)라고 했던 백석은 해방이 되자 고향인 북한의 정주에 머물며 시작 활동을 하다 북한 당국에 의해 삼수갑산 오지로 추방돼 살다 그곳에서 죽었다.

그런 시인의 심경을 대신 노래해 주고 있는 시다. 시가 곧 삶인 시인에게 시와 독자를 빼앗긴 시인은 이미 주검과 마찬가지일 것. 시인의 삶에서 그의 시의 절대성도 잘 드러내 주고 있다. 일제 치하에서는 자발적으로 사랑하는 사람과 오두막

자연 속에 묻히려 한 것은 북한 치하에서 등 떠밀려 타의적으로 자연에 묻힌 것과는 하늘과 땅만큼 그 차이가 클 것이다. 양 시인은 시로서, 그리움과 사랑으로서 생래적으로 자연에 묻혀 하나가 돼 그 깨달음을 우리에게 축복처럼 전하고 있다.

"해 아래 무엇에게나 영생불사는 없다/그중에서도 흙에서 나고 물로 된 것이라면 더욱이/네 삶의 천신만고가 네 마음을 무쇠같이 단단하게/만들었을지라도 네 몸은 변하는 것/가을볕에 시드는 풀잎, 흩날리는 나뭇잎들에게서/시작과 끝이 하나임을 배울 일이다/어느 곳에서든지 아무 흔적도 남겨 두지 마라/비록 그것이 네가 흘린 진한 눈물 자국이라고 하여도/언제인가는 얼룩마저 씻은 듯이 사라지고 마느니/너는 누구를 위하여 한 평생을 살아왔느냐/저녁놀처럼, 네게 아직도 사랑의 마음이 남아 있거든,/아낌없이 땅 위에 쏟아 놓고 가기를……" (「저녁놀처럼」 전문)

강건한 어조로 '너'에게 삶의 진실을 말하고 있는 시다. 아니 시인 자신이 평생 살며 터득한 우주적 섭리를 인생의 황혼녘에 새삼 확인하고 있는 시다. 첫 마음, 첫사랑 같은 사랑을 아낌없이 쏟아부우라고.

그리고 그런 사랑과 눈물의 흔적마저 남기지 말라고. 시작과 끝은 하나인데 흔적을 남긴다는 것은 그런 섭리를 저버리는 일일 테니. 이렇듯 이번 시집의 시편들은 자연적·우주적 섭리며 도를 전하고 또 그 깊이에 시 자체가 이르고 있기도 하다. 자연과 함께 어우러지는 삶에서 자연스레 도가 무엇인지까지 보여주는 것이다.

"그의 집에 내가 가네 그의 집은 왜 이리 먼가/울고불고 열사흘 몸부림치며/그의 집에 내가 가네/그의 집은 왜 이리 먼가/큰 산을 넘으면 큰 산이 있고 큰 강을 건너면/큰 강이 있으니/그의 집으로 가는 길은 왜 이리 멀고 험한가/돌아보면 발자국마다 고이는 것은 눈물이요/앞을 보면 아득히 한숨뿐이니/고스란히 다 타고 재가 되어 가는 길이/왜 이리 팍팍한가/그의 집이 안 보이네/그의 집에 닿기도 전에 내가 먼저 자지러지겠네/그의 집은 어디인가"(「머나먼 그의 집」 전문)

무당이 푸닥거리하는 것처럼 자꾸자꾸 반복하며 그의 집까지 가는 길이 멀고 험하다는 걸 털어 놓고 있는 시다. 아니 육신은 다 타고 재가 남은 혼이 그의 집을 찾아가는, 혼을 천도하는 천도재처럼 읽히기도 한다.

그렇다면 '그의 집'은 어떤 집일 것인가. 고통을 완전히 벗어난 해탈의 열반지경일 것이다. 그런 해탈의 도에 이르기 위해 이처럼 혼신의 힘을 다하고 있는 모습을 보여 주는 구도의 시편도 이번 시집에서는 적잖게 찾아볼 수 있다.

"처음부터 나는 흙 부스러기요 연기요 먼지이며/지푸라기요 바람이다/무수한 봄눈송이와 함께 어지럽게 내리면서 녹는/봄눈송이다/언제나 나는 아무것도 아니요 헛것이며 헛것이니/나의 몸은 그림자요 나의 말은 헛말이다/나는 모래 위에 집을 짓고 물 위에 시를 썼다/공들여 한평생 내가 찍은 내 발자국들은/내 발자국이 아니요/내가 땅에 그린 그림은 내 그림이 아니다/나를 기억하지 마라/나는 이곳에 오지 않았다 이 몸으로는 처음부터/나는 여기에 없었으며 앞으로도 여기에 없을 것이다/영원에서 영원까지,/그 너머의 아득한 곳까지" (「물 위의 시 쓰기」 전문)

인간이 쓴 시 같지 않고 무슨 혼이나 적멸(寂滅) 자체가 쓴 시 같다. 신령, 혹은 귀신들도 읽으면 무릎 치면서 감읍(感泣)할 신운(神韻)의 절창이다. 자연, 우주 삼라만상과 합일되지 않고서는 결코 흉내도 낼 수 없는 시다.

"모든 우리의 삶은/꿈과 같고 환상과 같고 물거품 같고 그림자와 같고/이슬과 또 우레와 같으니/마땅히 이와 같이 관할지이다." 불교에서 선(禪)의 소의경전, 교과서라 할 수 있는 『금강경』에 나오는 말이다. 아집(我執)을 버리고 우주 만물과 일체가 되어 번뇌를 끊고 해탈한 이가 부처, 여래(如來)다. 깨친 이는 오고 감이 없다. 이 때문에 여래라고 부르는 것이다.

위 시의 끝 대목 "나는 이곳에 오지 않았다 이 몸으로는 처음부터/나는 여기에 없었으며 앞으로도 여기에 없을 것이다/영원에서 영원까지,/그 너머의 아득한 곳까지"를 보시라. 그런 여래의 입을 빌어 나온 말 아닌가.

나는 내가 아니라 처음부터 흙, 연기, 먼지, 지푸라기, 봄눈송이와 한 몸임은 깨친 이만이 넋두리처럼 들려줄 수 있는 말 아닌가. 특히 "무수한 봄눈송이와 함께 어지럽게 내리면서 녹는/봄눈송이다"라는 대목에선 그런 헛것들의 분별마

저 없애 버리고 있지 않은가.

그러니 무슨 말이며 시며 그림이 필요하겠는가. 무슨 흔적을 남길 수 있을 것인가. 오고 감이 없는 여래에게. 그래 석가모니 부처도 인도 대륙을 맨발로 누비며 수없이 설법했지만 "나는 한마디도 말한 적이 없다"하지 않았던가. 그런 여래의 다이아몬드처럼 굳고 찬란한 해탈설법인 『금강경』의 실체에 위 시는 실감으로 닿고 있지 않은가.

이번 시집 후기에서 시인은 "오늘도 여전히 문학소년 시절과 같이 밤잠을 설치며 시에 매달리는 나의 고행은, 남이 보기에는 이것이 아무리 허망한 일일지라도 내가 죽는 날까지 그치지 않을 것이다"라고 밝혔다. 그런 첫 마음, 첫 순정의 시 쓰기의 고행이 이제 도의 지경에 이른 것이다.

무엇보다 자연과 일체, 일심이 된 시 쓰기가 자연스레 생태 환경 시를 끌어안으면서 그런 깊이에 이르게 했을 것이다. 반세기 넘는 시력(詩歷)과 팔순을 바로 보는 연륜으로 생태 환경 시의 건강하고 깊이 있는 새 지평을 계속 열어 나가시길 빈다.

159

꽃의 일생

1판 1쇄 인쇄 ┃ 2022년 12월 5일
1판 1쇄 발행 ┃ 2022년 12월 12일

지 은 이 ┃ 양성우
펴 낸 이 ┃ 천봉재
펴 낸 곳 ┃ 일송북

주　　소 ┃ 서울시 성북구 성북로 4길 27-19(2층)
전　　화 ┃ 02-2299-1290~1
팩　　스 ┃ 02-2299-1292
이 메 일 ┃ minato3@hanmail.net
홈페이지 ┃ www.ilsongbook.com
등　　록 ┃ 1998. 8. 13(제 303-3030000251002006000049호)

ⓒ양성우 2022
ISBN 978-89-5732-303-8 (03800)
값 11,800원

이문열《아우와의 만남》
이문열의 소설을 다 읽었다 해도 이 책에 수록된
작품들을 읽지 않고는 결코 이문열 문학을 논할
수 없다!

박범신《겨울강 하늬바람》
영원한 청년 작가 박범신이 혼신의 힘을 다해서
쓴 이 소설에는 시대의 아픔을 껴안는 그의 문학
정신이 녹아 있다.

이청준《날개의 집》
초기작부터 최근작에 이르기까지, 이청준 문학의
큰 흐름을 형성하는 소설 중에서 가장 중요한 작
품들을 엄선했다.

이승우《에리직톤의 초상》
'스물두 살의 천재'라는 찬사를 들으며 화려하게
등단한 이래 관념을 소설화하는 독특한 작품세계
를 펼쳐 온 이승우의 대표작!

박영한《왕룽일가》
서울 근교의 우묵배미라는 농촌을 삶의 무대로
살아가는 사람들의 슬프지만 우스꽝스런 이야기
들을 형상화한 박영한의 대표작!

윤흥길《낫》
일본에서 먼저 출간되어 대단한 화제를 불러일으
킨 이 작품은 윤흥길 소설만이 갖고 있는 특별한
매력을 물씬 풍기고 있다.

전상국《유정의 사랑》
전형적인 사랑 이야기와 김유정의 평전이 자연스
레 녹아 한 편의 퓨전 소설 형식을 취하며 문학의
새 지평을 연 놀라운 작품이다

윤후명《무지개를 오르는 발걸음》
윤후명이 아니면 도저히 쓸 수 없는 특유의 문체와 독특한 작품 분위기, 그리고 각별한 재미!

이순원《램프 속의 여자》
전방위 작가 이순원이 외롭고 슬픈 한 여자를 통해 우리가 살아온 각 시대의 성의 사회사를 살펴본 탁월한 소설이다.

고은주《아름다운 여름》
아나운서인 여자와 우울증 환자인 남자의 이야기를 통해 '진짜' 당신을 만날 수 있게 해주는 '오늘의 작가 상' 수상작.

이호철《판문점》
분단 문학을 새로운 차원으로 끌어올린 이호철의 대표작 중 미국과 프랑스에서 출간되어 호평 받은 작품만을 엄선했다.

서영은《시간의 얼굴》
'너를 진정으로 사랑하여 나를 부수고 다른 나로 태어나려는' 주인공의 열망을 심정적으로 온전히 치른 역작.

김원우《짐승의 시간》
유니크한 작품세계를 구축하고 있는 김원우 문학의 원형을 보여주는, 젊은 시절의 열정을 고스란히 바친 첫 번째 장편소설.

한승원《아버지와 아들》
토속적인 세계와 역사의식을 통해 민족적인 비극과 한을 소설화하면서 독보적인 세계를 구축한 한승원 의 '기리야마 환태평양 도서상' 수상작.

송영《금지된 시간》

미국 펜클럽 기관지에 소설이 소개되어 새롭게 주 목받은 송영이 심혈을 기울여서 쓴 한 몽상가 의 이야기.

조성기《우리 시대의 사랑》

성과 사랑의 경계에 대한 질문을 던지며 많은 화 제 를 모았던 이 작품은 조성기를 인기 소설가로 만들어준 출세작이다.

구효서《낯선 여름》

다양한 주제를 섭렵하면서 독특한 자기 세계를 구축 하고 있는 우리 시대의 중요한 소설가 구효 서의 야심작.

한수산《푸른 수첩》

짙은 감성과 화려한 문체로 한 시대를 풍미했던 한 수산이 전성기 때의 문학적 열정으로 그려낸 빛나는 언어의 축제.

문순태《징소리》

향토색 짙은 작품으로 우리 소설의 한 축을 굳게 지 키고 있는 문순태는 이 작품에서 한에 대한 미 학의 극치를 보여준다.

김주영《즐거운 우리집》

한국 문단의 탁월한 이야기꾼 김주영의 주옥같은 작 품들을 한자리에 묶은 대표작 모음집.

조정래《유형의 땅》

'네티즌이 선정한 2005 대한민국 대표작가' 조정 래 의 문학적 뿌리는 이 책에 수록된 빛나는 단편 소설 이다.